目次

深川之内

小名木川ヨリ南之方一圓

『澪《みお》つくし　深川澪通り木戸番小屋』関係地図

地図・谷口正孝

万年橋
小名木川
高橋
隅田川
上ノ橋
佐賀町
今川町
今川町
佐賀町
松永橋
永堀町
仙台堀
永堀町
相生橋
万年町一丁目
海辺橋
万年町二丁目
佐賀町
佐賀町
佐賀町
堀川町
佐賀町
佐賀町
永代橋
加賀町
油堀
平野町
蛤町
閻魔堂橋
平野町
蛤町上ノ町
蛤町
佐賀町
御船蔵
佐賀町
佐賀町
蛤町
蛤町
黒江町
黒江町
黒江町
坂田橋
奥川町
仙台堀の枝川
黒江町
十五間川
亥ノ口橋
永代寺
富ケ岡八幡宮
黒江町
仲町
永代寺門前
永代寺山本町
門前
永代寺門前仲町
北川町
八幡橋
黒江町
黒江町
蛤町
黒江町
蛤町
黒江町
木戸番小屋
中島町
蛤町
黒江川
蛤町
黒江町
自身番
新地橋
蛤町上二丁目ト云
永代寺門前仲町
永代寺門前仲町
永代寺門前町
大島川
大島町
大島町
蛤町
蛤町
永代寺門前町
永代寺門前町
越中島町
大島町
蓬萊橋
越中島町
一ノ鳥居

澪《みお》つくし

深川澪《みお》通《どお》り木《き》戸《ど》番《ばん》小屋

第一話　いま、ひとたびの

深川中島町《ふかがわなかじまちょう》の木戸《きど》番《ばん》小屋は、澪通《みおどお》りをはさんで自身番屋《じしんばんや》と向かい合っている。自身番屋の裏を大島川が、木戸番小屋の西側にある道の向こうを仙台堀《せんだいぼり》の枝川が流れていて、名無しの橋をくぐった枝川が、大島川と一つになって隅田川へそそいでいた。

川の音はいつも高い。枝川の向こうの隣り町、相川町に住んでいるおゆうも、移ってきた当時は川音が耳について眠れなかったそうだ。

「ま、すっかり長居をしちまって」

澪通りに吹き寄せられてきた薄闇に気づいたのかもしれない。木戸番小屋の狭い部屋の上がり口に腰をおろし、お捨《すて》に横顔を見せていたおゆうが立ち上がると、よい匂《にお》いがふっと漂った。鬢《びん》付け油《あぶら》の匂いかもしれなかったが、ぬけるように色の白いおゆうの衿首《えりくび》から漂ってきたような気がした。

「帰ろっと。うちには誰もいないんだけど」

冗談めかして言って、手拭《てぬぐ》いやら糠袋《ぬかぶくろ》やら着替えやらをくるんでいる風呂敷包みを取ろうとしてふりかえる。木戸番女房のお捨は、そうしてはいけないと思いながら、おゆうから目をそらせた。左の横顔は錦絵《にしきえ》に描かれた美人よりはるかに美しいのに、右の頬《ほお》には大きな火傷《やけど》の跡があるのだ。

風呂敷包みを持ち上げた右手も、月並な言葉だが白魚《しらうお》のように美しい。が、左手も火傷の跡がひきつれていて、薬指と小指が曲がったままだった。若い頃に提燈《ちょうちん》を持ったまま転び、はずみで舞い上がった提燈が顔に落ちてきて、その火が右頬と顔をおおった左手を焼いたというのである。

「それでお嫁の貰《もら》い手なし。小父《おじ》さんも小母《おば》さんも、生きていなさる間はわたしと仲よくしておくんなさいましね。わたし、小父さんと小母さんの評判を聞いて、相川町だけど同じ澪通りに越してきたんですもの」

相川町に越してきた時、おゆうは橋を渡って中島町の木戸番小屋まで蕎麦《そば》をとどけにきて、そう言った。

が、「お嫁の貰い手なし」は、嫁《ゆ》きおくれたおゆうのてれかくしか、嘘ではないかと思う。越してきたのは五年前で、おゆうはまだ十九だった。頬の傷は左の横顔が美しい分だけ目立っていたが、それでも、いい女が深川へ越してきたと評判になった。お捨の亭主で木戸番の笑兵衛《しょうべえ》も、いろは長屋の差配《さはい》で、自身番屋の当番になるたび将棋をさそうと笑兵衛を呼びにくる弥太右衛門《やたえもん》も、若者達が湯屋でしきりにおゆうの話をしていると言っていたものだった。

「小父さんは、また将棋ですかえ」

「ええ。夜廻《よまわ》りが仕事で昼間は眠っている筈《はず》なのに、将棋と聞くと目が覚めちまうようですよ。そろそろ年齢《とし》をお考えなさいって言っているのですけれど」

お捨は、赤ん坊のようにえくぼがあるふっくらとした手で口許《くちもと》をおおい、ころがるような声で笑った。亭主の笑兵衛は、弥太右衛門が将棋に誘いにこなくても、その笑い声で目が覚めると、いつもわざとらしく顔をしかめてみせる。

「では、小父さんには小母さんからよろしくお伝えくださいまし。干柿《ほしがき》とお茶をご馳《ち》走様《そうさま》でした。おいしい干柿でしたねえ」

「いえ、一つでごめんなさい。いろは長屋の勝次《かつじ》さんからのいただきものでね。あんまりおいしいので、昨日、一人で三つも食べてしまったの。だから、こんなに太っているのかもしれない」

「いえ、小母さんは、それでもお綺麗《きれい》だから」

ふうわりと太っていて、皺《しわ》一つないお捨の顔をおゆうが見つめたので、お捨はあわてて立ち上がった。おゆうは、すぐに目をそらせて外へ出て行った。

町から支払われる給金では暮らしてゆけず、木戸番は日用品などを商う内職が黙認されている。お捨も、鼻紙や蠟燭《ろうそく》や手拭いなどの商売物をのせた台にぶつからぬよう、太った軀《からだ》を横にして外へ出た。

澪通りは夕焼けだった。子供達が履物《はきもの》を投げ飛ばしては天気を占っていたが、明日も晴天だろう。

赤く染まった道を、つい先刻まで立板に水のお喋《しゃべ》りを聞かせていた油売りが通って行き、遊びほうけている子供を迎えにきた母親が、ついでに近所の子供の手をひいて帰って行く。道端《みちばた》から子供の姿が消えると、川の音が高くなったような気がした。

何気なくふりかえると、大島橋の前に二人の男が立っていた。一人は賄い屋《まかなや》で働いている勝次で、もう一人は、つい先日いろは長屋の住人となった彦太郎《ひこたろう》だった。越してきた当時は塩を売り歩いていたのだが、賄い屋で働けるよう勝次が世話をしてやったらしい。お捨の姿を認めた勝次は、曲がる筈の横丁を曲がらずに駆けてきた。

「しばらくだねえ、お捨さん」

「ほんとに。同じ町内に住んでいるというのに、会わない時は会わないものですね」

「そのかわり、始終、おけいがきているんだろう。あんまりお捨さんや笑兵衛さんの邪魔をするなと言っているんだが」

「とんでもない、邪魔だなんて。わたしが留守をしている時に、店番をして下さるんですよ」

勝次がお捨と立話をはじめたので、自分一人が横丁を曲がるわけにもゆかなかったのだろう。彦太郎が、ゆっくりと近づいてきた。

「おゆう」

自身番屋から弥太右衛門が出てきて声をかけたのかと思ったが、そうではなかった。彦太郎だった。彦太郎は頰をひきつらせ、それとはっきりわかるほど軀をこわばらせて、橋を渡りかけていたおゆうを見つめていた。

思わずふりかえったにちがいないおゆうの頰もひきつれて、唇《くちびる》が震えていた。しかも、この五年間、一度も見せたことのない険悪な表情を浮かべていた。

かわるがわるに二人を見ていた勝次が、彦太郎の袖《そで》を引いた。番小屋の横の路地へ連れて行こうとしたらしい。

彦太郎は動かなかった。

「おい、一昨日《おととい》打ち明けてくれた話の中の女ってのは、おゆうさんのことだったのか」

返事はない。勝次に尋《たず》ねられたことも、気がつかずにいるのかもしれなかった。

「おゆう。深、深川にいたのか」

「失礼します」

お捨に軽く頭を下げるなり、おゆうは走り出した。右手に風呂敷包みを持ち替えて、走りにくいからだろう、左手で引き上げている裾《すそ》が大きく揺れていた。異様な気配を察したらしい笑兵衛が、草履《ぞうり》をつっかけて外へ飛び出してきた。


江戸には木戸が沢山ある。

長屋の出入口にも木戸があり、これは、月番と呼ばれているその月の当番が夜になると閉めて、錠《じょう》をおろす。夜遊びをしてきた者は中に入れなくなるのだが、夜遊びをしそうな独《ひと》り者のいる長屋の差配は、表口と裏口の戸を開け放したまま床《とこ》につく。差配の家は木戸の横にあり、表口が裏通りに面していて、裏口が木戸の内側にあるので、真夜中に帰ってくる者は差配の家を通り抜けて長屋の路地に入り、自分の家へ辿《たど》り着くことができるのだった。

「ここ十年、錠をおろしたことなんざないよ」

と、弥太右衛門は笑う。

「勝次とおけいの夫婦のように律儀な奴が月番だと、夜の四つに木戸を閉めちまうものだから、真夜中に俺の頭の上を通って行く者が多くってね。中には何の恨みがあるのか、部屋に上がってから草履の裏を叩《たた》きゃがって、泥を落として行く奴もいる」

盗賊がしのび込まぬのが不思議だが、差配となってからは一度も盗難に遭ったことがないという。「錠をおろし忘れるのじゃない、長屋の若い衆のためわざと開けておくのだ。こそ泥だって遠慮すらあな」とは笑兵衛の言葉だが、その通りかもしれなかった。

町木戸も夜になれば閉める。医者や産婆など、やむをえない用事のある者は木戸番がくぐり戸を開けて通し、次の木戸番へ拍子木《ひょうしぎ》を打って木戸を通った者がいることを知らせる。拍子木の音がやかましくて眠れず、やたらに打ってはならぬというお触れが出たこともあるそうだ。往来の多いところでは夜でも木戸を開け放しにしておいて、非常の時だけ閉めるというが、深川周辺ではどこも閉めているようだった。

お捨は、夕飯の後片付けを急いですませると、前掛けをはずし、ほつれてきそうな鬢《びん》を櫛《くし》と掌《てのひら》で撫《な》でつけた。おゆうのようすが気がかりで、木戸の閉まる前にようすを見てこようと思ったのだった。

まだ掌で鬢を気にしているお捨に、「気をつけて行きなよ」と笑兵衛が言う。そのあとに、てれかくしのような憎まれ口がつづいた。

「もっともお前《めえ》に襲いかかる間抜けはいねえだろうけれども」

「ふくれっ面《つら》をしていねえで、早く行きねえ。ただでさえ女のお喋りは長いが、先刻《せんこく》のようすでは、半刻《はんとき》やそこらで終る話ではなさそうだ」

「そうですね。あんまり長びくようでしたら、おゆうさんをこちらへお連れします」

笑兵衛がうなずいて、お捨は番小屋の外へ出た。早足で歩き出す。夜になれば高くなる川音の中で、下駄の音が響いた。

おゆうは家にいた。戸を叩く音にこたえながら土間へおりてきたらしいのだが、「どなたですか」という問いにお捨が答えると、それきりおゆうの声も物音も聞えなくなった。手燭《てしよく》を持ったまま、土間に立ち尽くしているようだった。

「おゆうさん。ご迷惑でなかったら、ここを開けて下さいな。まさか、引越の支度《したく》をしてなさるのじゃないでしょうね」

答えはなかったが、おゆうはまだ土間に立っているらしい。

「よけいなことを言うようですが、江戸はひろいようで狭いのですよ。引越をしたって、また彦太郎さんにばったり出会わないものではありません。ね、引越はおよしなさいな。深川が住みにくいと言いなさるなら、わたしもお手伝いいたしますけど」

やはり答えはなかったが、部屋へ上がって行く気配もない。お捨は辛抱強く待った。

「ま、ひどいことを」

心張棒《しんばりぼう》をはずす音が聞えたのは、それからどれくらいたっていただろうか。

戸はおゆうが開けた。足許《あしもと》に置いてある手燭の火が風に揺れて、おゆうの頬の傷を照らした。かすかに潮のにおいがしたところをみると、海の風が隅田川を溯《さかのぼ》ってきたのかもしれなかった。

「夜分にごめんなさいね」

「いいえ、まだ宵《よい》の口《くち》ですから」

おゆうはお捨と目を合わそうとしない。お捨は遠慮なく、家の中へ入った。

へっついの上から釜がおろされていて、蓋《ふた》が落ちぬよう縄がかけられていた。鍋や茶碗や丼などはおそらく掻巻《かいまき》の中なのだろう、大きくふくらんでいる掻巻は、縦横に腰紐がかけられている。おゆうは、夕食もとらずに引越の支度をしていたにちがいなかった。

「おむすびでも持ってくればよかった」

「ありがとうございます。でも、いいんです。わたし、何にも食べたくないんですもの」

「そんなに彦太郎さんのことを」

返事をためらうと思ったのだが、おゆうは、間髪《かんはつ》を容《い》れずにうなずいた。

「恨んでいます。多分、一生、恨んでいると思います。いつまでも恨んでいる自分がいやになって、みんな忘れるつもりで深川へ逃げてきたんですけれど」

「それなら大丈夫。忘れられますよ、ほかならぬおゆうさんが忘れたいと思っていなさるんですもの」

おゆうは手燭を取り上げて、火を吹き消した。その間にかぶりを振ったようだった。土間は、部屋の隅に置かれている行燈《あんどん》の明かりにぼんやりと照らされた。

「それが、忘れられないんです。あのことは口惜《くや》しいし、忘れられないわたしは情けないし」

どうぞと部屋を指さして、おゆうは苦笑いをした。釜や搔巻の包みや、行李《こうり》から出したらしい着物が上がり口を塞《ふさ》いでいたのだった。おゆうは手早く搔巻の包みと着物を端に寄せた。はじめて訪れる家ではなかったが、お捨はおそるおそる部屋に上がった。

「困った。わたし、鉄瓶を搔巻にくるんでしまったんです。お茶をさしあげたいんですけど」

「何もいりませんよ。でも荷ほどきをしていただければ、もっと嬉《うれ》しいけど」

おゆうはちらと搔巻を見たが、その包みの前を素通りして土間へ降りて行った。引越をやめるつもりは、まだなさそうだった。

「ごめんなさい、お水です。でも、わたしの話を聞いていただければ、わたしが彦太郎さん、いえ、彦太郎の顔も見たくないわけがわかっていただけると思うんですけど」

お捨は、水の入った湯呑みをうけとった。湯呑みを両手で持って水を飲めば、お捨の視線は湯呑みと手で遮《さえぎ》られる。「実は」というおゆうの声が聞えてきた。

「実は、彦太郎はわたしと夫婦《めおと》になる筈だったんです」

「そう」

おゆうは、芝神明宮前《しばしんめいぐうまえ》、三島町の小売りの米屋の一人娘だった。彦太郎はそのあたりに多い料理屋の次男で、米屋の入聟《いりむこ》となることがきまっていた。親どうしがきめたというより、当人達が親に頼んで祝言《しゅうげん》の日取りをきめてもらったのだった。

「好きでした」

と、おゆうは言う。おゆうの年頃ならば、まだそんな言葉を口にする時は顔をあからめるだろうに、憎いという気持が胸を塞いでいるせいか、吐き捨てるような口調だった。

「さくら川という小体《こてい》な料理屋で、父親が板前、母親が女将《おかみ》、姉二人が仲居、兄が父親を手伝っておりました。そうなんです、お馴染みのお客が多い評判の店でしたけれど、人手はそれで充分だったんです」

次男の彦太郎も、十一の時に板前の腕を磨くため、浅草蔵前《あさくさくらまえ》の巴屋《ともえや》という高名な料理屋に奉公したらしい。格別腕がよいというわけではないが、父親を助けられるくらいにはなって戻ってきたそうだ。が、五つ違いの兄は、やはり巴屋で修業をして、巴屋の主人から、「うちの板前にならないか」と言われるほどの腕前になっていた。

しかも、彦太郎の父にも兄にも、さくら川を大きな店にする考えはなかった。大きくして人を雇えば主人の目の届かなくなるところができる、味が落ちるというのである。彦太郎は、知り合いの店に雇われることになりそうだった。

「彦ちゃん、可哀そう」

そう思ったのがはじまりだった。おゆうは彦太郎が気がかりで、偶然顔を合わせるようなことがあると、雇われるかもしれない店の評判を知らせてやり、家の中には居場所のない彦太郎の胸のうちを聞いてやった。彦太郎が十六、おゆうが十五の時だった。

「その翌《あく》る年《とし》、所帯をもちたいって彦ちゃんが言ってくれたんです。もし、わたしの親が承知なら、聟になってもいいって」

嬉しいより先に、驚いたそうだ。

「彦ちゃんは板前になるものとばかり思っていたんですもの。彦ちゃんを入聟になんて考えもしなかったんです」

そう言ってから、おゆうは、「でも、わたしは、わたしが気づかないうちに幾度も考えていたのかもしれません」と苦笑した。

幾つかあった縁談を断りつづけていたのは、彦太郎の女房になりたいという気持があったからだろうと言う。うっすらと口許に残っていた笑みの、苦みが濃くなった。

せっかくの腕前がもったいないと言いはしたものの、おゆうの両親は、気心の知れた彦さんがきてくれるならと喜んで承知して、彦太郎の両親は、さくら川から出ることになっても板前の腕を磨いていてもらいたかったのだがと、しぶしぶ承知した。

その出来事はそれから半年後の秋、祝言は来年の春という時に起こった。

何をそんなに熱心に話していたのかわからない。夕暮れに互いに店を抜け出して芝神明宮の境内《けいだい》で会い、気がつくと人影もまばらになっていた。暮れ六つの鐘が鳴る頃になっていたのだった。

門が閉まるからと、あわてて駆け出した二人を茶見世《ちゃみせ》の女が呼びとめた。日の入り特有の薄明るさが残っていたのだが、立木の陰で立ったまま、いつまでも話している二人を見ていた茶見世の女は、「お話はまだつづくんでしょ」と提燈を差し出した。尽きぬ話に遠廻りをして帰るにちがいない、今夜は晴れていても朔日《ついたち》で月は出ないからと、顔見知りのさくら川の倅《せがれ》、彦太郎に提燈を貸してくれたのだった。

茶見世の女が推測した通りになった。話し忘れたことがあるわけでもないのに、また、そうしようときめていたわけでもないのに、門を出ると、どちらからともなく三島町とは反対の方角へ足を向けた。

増上寺の僧坊と門前町にはさまれた道を歩き、将監橋《しょうげんばし》に突き当って左に折れ、金杉川沿《かなすぎがわ》いの土手に沿ってまたしばらく歩いた。提燈の明かりを頼りにするほどの暗さとなったのは、その頃だったと思う。そろそろ三島町へ戻ろうと、これもどちらからともなく言い出して芝湊町《しばみなとちょう》を左に折れ、「さすがに疲れた」と顔を見合わせて笑ったのは、大名屋敷の塀が見えた時だった。

その裏で一休みするのを、おゆうは、こわいともあぶないとも思わなかった。彦太郎が一緒だったし、少ないながらもまだすれちがう人がいたのである。

「ずいぶん遅くなってしまったようですよ」

数人の男達が屋敷の裏へ入ってきたのは、おゆうがそう言って歩き出そうとしたときだった。入ってきた男達は、黙ってその行手《ゆくて》を塞いだ。おゆうは彦太郎にすがりついた。彦太郎が自分と同じように震えているのが、よくわかった。

「何をしていたんだよ、こんな暗がりで」

歯の鳴る音が聞えた。歯の根も合わぬほど自分は震えているのだと思ったが、声も出なかったのは彦太郎の方だった。

おゆうは、かすれて震える声で「通して下さい」と言った。男達を避けようとしたのだが、ことによると、おゆうがすがりついている筈の彦太郎をおゆうがひきずっていたのかもしれない。

「いいよ。通してやるよ、そのお兄哥《にい》さんだけは」

彦太郎は、さすがにおゆうを連れて通ろうとした。が、男達は二人の前に立ち塞がり、おゆうを彦太郎から引き剝《は》がした。

男の人数が三人だったのか四人だったのか、おゆうは覚えていない。「助けて」と声を張り上げたような気もするが、叫んだ声は聞えなかったような気もする。覚えているのは、大名屋敷の塀に押えつけられたおゆうを彦太郎が泣いているような顔で見ていたことと、「早く失《う》せろ」と殴られて両手を突いて倒れたこと、それにもう一つ、「提燈を置いてゆけ」と言われて、それを放り投げたことだった。

提燈は、地面に押し倒されたおゆうの上に落ちた。おゆうは悲鳴をあげた。男達は知らぬ顔だった。おゆうの悲鳴は、衣服を剝ぎとられる恐怖からのものだと思ったようだった。その間に提燈から転がり出た蠟燭の火は、おゆうの頰と、それを必死に払いのけようとした左手を焼いてしまったのだった。

幸い、と言ってよいのかもしれない。すぐに男の一人が、蠟燭の火がどこにあるか気づいた。

「よせ。女が死んじまう」

命まで奪うつもりはなかったのだろう。男達は蠟燭を地面に落とし、火を踏みにじって、浜松町にあったらしい天水桶《てんすいおけ》から水を汲《く》んできた。おゆうの火傷をひやすつもりか、頭からその水をかけて逃げて行った。

彦太郎が自身番屋の当番を連れ、駆け戻ってきたのはそのあとだった。おゆうは番屋の人達の手で医者にはこばれたが、火傷の跡は残った。ことに夢中で火を握ってしまったらしい左手の火傷はひどく、小指と薬指が掌についたまま離れなくなった。

「こわい」

と、思わずお捨は言った。

「ずいぶんこわい思いをなすったんですねえ、おゆうさんは」

おゆうの手が、頰の火傷のあとを撫でた。

「そのあとのご苦労がどんなものだったか、わたしなんぞには考えもつかないけれど」

おゆうは黙っていた。左手が不自由であるにもかかわらず、おゆうは器用に着物を仕立てる。そうなるまでは、大変な努力をしたにちがいなかった。

「ほんとに頭が下がりますよ」

「いやですよ、小母さん」

おゆうは、綺麗な右手で頬の火傷を隠した。

「わたしね、小母さん、彦太郎を恨まないようにつとめていたんです、できなかったけれど」

「できなくって当り前ですよ。わたしは、彦太郎さんを恨まないようにつとめたっていう、おゆうさんに感心してしまう」

「いいえ、小母さんの思ってなさるようなやさしい気持からじゃない、わたしが少しでも綺麗でいたいからなの。だって、人を恨んでいれば、般若《はんにゃ》のようなこわい顔になっちまうでしょう。ただでさえ火傷があるのに、もっとこわい顔になるのはいやだから」

「綺麗な顔をなすってますよ、おゆうさんは。相川町へ越してきなすった頃、錦絵のように綺麗な人がきたと評判だったんですよ」

「ええ、一緒にならないかと言ってくれなすった人もいたのですけど。でも、断りました」

「どうして」

「一緒になれば、なんでこんな醜《みにく》い女を女房にしたんだろうと、後悔しなさるにきまってるんですもの」

「わかりませんよ、そんなこと。それに、誰だって一度や二度は、何でこんな人と所帯を持ったんだろうと後悔してるんですよ」

「小母さんも」

「ええ」

「でも、何となくそれきりになっちまうんでしょう。わたしはその人が後悔しなすったら、女房になってくれと言ったのはお前さんじゃありませんかと言って、恨んでしまいそうな気がするんです。でも、わたし、恨まないようにするのは、彦太郎一人で精いっぱい」

「おやさしいのねえ、おゆうさんは」

おゆうはかぶりを振った。

「ずっと恨まないようにしようと思っているのは、ずっと恨んでいるってことですもの。わたし、ほんとにいやになる」

「そんなにご自分を責めなすってはいけませんよ。おゆうさんがやさしいお人だから、恨まないようにしようって思いなさるんだから」

「彦太郎に会った時、むしゃぶりついてやろうかと思った」

「そうしてしまえばよかったのに」

おゆうは、もう一度かぶりを振った。

「できなかったんです。彦太郎が憎くて憎くて、躯が動かなかった」

お捨は口を閉じた。おゆうの気持はよくわかるのだが、「そうでしょうねえ」などという言葉で片付けてよいとは思えなかった。

「彦太郎は、いったい何のつもりで深川へきたんでしょうね。小母さんや小父さんのお蔭で、せっかく静かに、のんびりと暮らしていたっていうのに」

おゆうは大きく息を吐いた。

「もう、いや。小父さんや小母さんによくしていただきましたけど、わたし、彦太郎のいる深川にはもういたくないんです」

川の音が一段と高くなった。


まだ火鉢一つで大丈夫だと思っていたのだが、炬燵《こたつ》が欲しくなった。笑兵衛は、たたんで枕屛風《まくらびょうぶ》の陰に置いてある掻巻を出して膝にかけた。

お捨は半刻ほどで帰ると言っていたが、やはり五つの鐘が鳴っても帰ってこない。おゆうとの話はまだつづいているのだろう。

火鉢の上の鉄瓶に手をのばした時に、出入口の戸が鳴った。誰かが遠慮がちに叩いているのだった。

お捨なら、たてつけのわるい戸をたくみに敷居から浮かせて開ける筈である。笑兵衛は黙って立ち上がり、少しきしませて戸を開けた。いろは長屋の勝次が、月の光を浴びて立っていた。

「小母さんは、まだお帰りじゃありませんかえ」

「ああ」

「やっぱりね」

勝次は独り言のように言って、小屋の陰にある闇へ手招きをした。つい先日越してきたばかりの彦太郎が、会釈《えしやく》をしながら月の光の中にあらわれた。

今日の夕暮れ、勝次は、蒼白な顔でおゆうを追って行こうとした彦太郎を懸命《けんめい》に抱きとめていた。「お前《めえ》もおゆうさんも気が昂《たかぶ》っている、そんな時に追いかけたって話にも何もなりゃしねえ」というのである。

一人前の男になったと、笑兵衛は思った。勝次の左手も、小指から中指までが掌に貼りついている。南組三組の纏持《まといも》ちであった勝次が火事場で炎に舐《な》められて、肩から手へかけて火傷をし、癒《なお》すことのできなかったところだった。纏を持つことができなくなった勝次は、南組三組の頭《かしら》が賄い屋で働けるようにはからってくれたのを、追い出すつもりかと逆恨みして、一時《いっとき》、酒に溺《おぼ》れていたものだ。

賄い屋は、焚出《たきだ》しともいう。江戸城で宿直《とのい》をする役人や見附警護《みつけけいご》の役人、或《あ》るいは出入りの武家屋敷の主人が外出をする時の供侍《ともざむらい》に弁当を届けるのが仕事であった。武家は寛永寺や増上寺の参詣《さんけい》など、供廻りをととのえて外出しなければならぬ時があり、時には三百、四百という弁当をつくることになる。米をとぐのも男の仕事だと思ったと、賄い屋で働きはじめてから一月《ひとつき》ほどたった時、勝次はしみじみと言っていた。

あの時、お捨もおゆうを追って行こうとしていたようだが、勝次の言葉を聞いてその通りと思ったのだろう。「あとで、私がようすを見に行きますから」と、勝次の手をふりほどこうとしている彦太郎をなだめ、いったん長屋へ帰したのだった。

「中へ入ってもいいですか」

と、勝次が言う。

「いいよ。入りねえ」

狭い土間に台を置き、商売物をならべているので、笑兵衛が部屋へ戻らねば二人は中へ入ることができない。部屋に上がって、持ち出したばかりの掻巻を丸めていると、彦太郎を先にして二人が入ってきた。

「今頃まで起きていると、若え者《わけ》は腹がへるだろう。お捨がいりゃあ、にぎりめしくらい、こしらえるのだが」

「いいえ、にぎりめしは女房のおけいがつくったのを持ってきました。小父さんは夜に仕事をしなさるから、食べてもらってくれって」

勝次は女房が気のきく女であるのが自慢なのかもしれない。笑兵衛が礼を言って竹の皮包みをうけとると、笑兵衛よりも嬉しそうな顔をした。

「それで、小父さんの仕事の邪魔だけはしないようにと、おけいに言われたんですが」

「邪魔になんざならねえさ。お前《めえ》さん達がいてくれた方が、居眠りが出なくっていい」

勝次は、うつむいている彦太郎を横目で見た。

「小母さんは今、おゆうさんから話を聞いてると思うけど」

勝次が彦太郎の脇腹を突ついた。彦太郎は、おゆうに火傷を負わせたのは自分であると言って、女のように両手で顔をおおった。投げた提燈がおゆうの顔の上に落ちた光景が、目の前に浮かび上がったのかもしれなかった。

「幾度、その時のことを夢に見て飛び起きたかしれません。なぜ提燈を投げたのだろう、なぜそっと地面に置かなかったのだろう、なぜ、かなわないまでも男達に向かっていって、俺が怪我をしなかったのだろうと思って、大川へ飛び込みたくなったこともあります。そりゃ、おゆうの苦しみにくらべたら、どうということもないのかもしれませんが」

「そんなこたあねえさ。お前《めえ》さんだって、充分苦しみなすった」

「有難うございます。そう言ってもらえたのは、はじめてだ」

彦太郎は、ほっとしたように言った。

「おゆうの家には親と一緒に幾度もあやまりに行きましたが、おゆうも、おゆうの両親も会っちゃくれませんでした。当り前でしょうが」

笑兵衛は黙っていた。おゆうも、おゆうの両親も、男達に抵抗もせず提燈を投げた彦太郎への恨みや憎しみでいっぱいだったにちがいない。むりもないと思うが、その恨みをうけとめねばならぬ彦太郎もつらかっただろう。

「俺のせいでおゆうが怪我をしたと、あっという間に噂《うわさ》がたちました。親父も三島町で店を開けていられなくなっちまって、両国の薬研堀《やげんぼり》へ越しました」

笑兵衛は何も言わなかったが、彦太郎は、かまわずに話をつづけた。笑兵衛の無口は、勝次から聞かされて承知しているのかもしれなかった。

「俺も自棄《やけ》になって、こうすりゃいいんだろうと剃刀《かみそり》で頬を切ったこともあります。姉に見つけられて、浅い傷ですんだのですが。そのうちに、おゆうがいなくなりました」

笑兵衛は、まだ黙っていた。

「おゆうは親戚の家にあずけられたというんですが、近所の人に聞いてもわからないし、俺も家を出ておゆうを探すことにしたんです」

少々遠くなっても、さくら川の料理が食いてえと言ってくれる客がいたんだそうですよと、勝次が口をはさんだ。さくら川は、薬研堀で繁昌《はんじょう》しているらしい。おゆうの両親は三島町で米屋をつづけていて、今は界隈《かいわい》の人達も、何事もなかったように米を買いにきているという。

笑兵衛は、ほっとして深い息を吐いた。が、相川町にはまだ恨みを忘れられずにいる女がいて、目の前には、許してもらえなくとも許しを乞いたい男がいる。

「俺は、おゆうさんの親戚ってのを、ずいぶん探しました。手前《てめえ》の足でも探したし、親から金をもらって自身番屋へ行って、引っ越してきた娘がいたら教えてくれと頼んだこともあります。どうしても一度、おゆうさんにあやまりたい。あやまらないうちは、生きている気がしないんです」

　親戚の一人は芝口にいた。が、おゆうは、はじめからそこへは行かなかったようだった。

　一年ほどたって、京橋畳町《きょうばしたたみちょう》にいる娘が火傷で医者に通っているという噂を耳にした。畳町に行って近所の人達の話を聞いてみると、娘は頬に火傷があり、医者に通いながら裁縫を習いに通っていたという。おゆうに間違いないと思ったが、「もういないよ」と近所の人達は口をそろえた。

　ようやく見つけたおゆうの叔母は、彦太郎に会ってくれた。会ってくれたが、行先は教えてくれなかった。覚えた裁縫で一人暮らしをすると言って、行先を告げずに出て行ったというのである。知らないわけがないと思ったが、「おゆうに会って、何をしなさるんですか」と、叔母も素っ気なかった。

　あやまりたいんですと、彦太郎は言ったそうだ。生きている気がしないとも言ったそうだが、叔母は「いまさら何を」と嘲笑《わら》うだけだったという。

「いまさら何をと言われても、俺はおゆうさんにあやまらずにいられない。土下座して、勘弁してくれと頼まずにはいられない。それで、探していれば一生のうちのどこかで会える筈と思って、塩売りをはじめたんです。ええ、江戸市中のほとんどを売り歩きました」

勝次とは、本所《ほんじょ》へきた時に知り合った。賄い屋は本所尾上町《おのえちょう》にあり、塩が足りなくなったと勝次が店から飛び出してきたのだった。翌日もその数日後も偶然に出会い、立話をするようになって、塩売りをしながら行方知《ゆくえし》れずになった女を探しているとだけ打ち明けた。そろそろ本所から深川へ住まいを移してみようと思っていた時だった。

「中島町へこいよ」と、勝次は言った。自分の住んでいるいろは長屋に一軒、空家があるというのだった。

「木戸番の笑兵衛さんと、おかみさんのお捨さんは知ってるだろう」

彦太郎は曖昧《あいまい》にうなずいた。

中島町木戸番夫婦の話は、本所へきた時に聞いた。相川町の空樽問屋《あきだるどんや》の裏口で、塩をはかっている時に女中が話してくれたのだった。主人が富岡八幡宮《とみがおかはちまんぐう》へ参詣に行った時、二朱銀が二枚と銭、それに持病の薬が入っていた紙入れを落としてしまったのだが、相川町喜兵衛《きべえ》の縫い取りを頼りに届けてくれた者がいたのだという。

「それが、木戸番女房のお捨さんだったのさ。噂には聞いていたけど、ふっくら太ってなすってね、びっくりするほど品のいい綺麗な人なんだよ」

と、空樽問屋の女中は言った。

「ご亭主の笑兵衛さんは、古武士のように苦み走ったいい男だというし、もとは何をしてなすったんだろうね」

と、その女中は首をかしげたが、もう一人が、「武家の出だとか、日本橋の大店《おおだな》の夫婦だったとかいう話だよ」と口をはさんできたのだった。

その上、また勝次の口からお捨と笑兵衛の名が出たのである。これだけ評判になる夫婦なら、人の噂も集まってくるかもしれない。そう思った。

彦太郎がうなずくと、勝次はすぐにいろは長屋の差配に話をしてくれた。巴屋で修業をしていたと言うと、そんな腕を持っていて塩売りをしていてはもったいないと、賄い屋の親方にも会わせてくれた。

その時に、彦太郎は、勝次にも火傷の跡があることを知った。が、勝次は、器用に魚をさばいていた。火傷をした左手で魚を押え、右手で庖丁《ほうちょう》を使うのである。おゆうの火傷も、右頰と左手だった。利き腕の右手は無事だったが、勝次のように笑ってはいられないだろう。

「みねえ、普段の心がけがいいからさ、火傷も左手ですんだのよ」

と勝次は笑った。夫婦になろうと相談していた頃のおゆうの顔が重なって、彦太郎は思わず目をそらせた。

賄い屋の親方、伊三郎《いさぶろう》は、ちょうど一人やめるところだからと、その場で彦太郎を雇ってくれた。引越をすませたらいつでもこいと言われ、これほど事が順調にはこんでよいのだろうかと、少々不安になりはじめていた時におゆうと出会ったのだった。

「お天道様《てんとうさま》が怒っていなさるんだ、そう思いました」

と、彦太郎は言った。

「おゆうは、苦労に苦労を重ねたにちげえねえ。なのに、怪我をさせた俺の方が、うまい具合に話がはこぶ。そんなばかなことがあるかって、怒っていなさるんだと思いました」

笑兵衛は黙っていた。

「でも、勝次さんは、おゆうと出会う時期になったから、お天道様がうまくとりはからってくれたんだと言いなさるんです」

彦太郎は、勝次の言葉にすがりつきたいにちがいなかった。笑兵衛は、「俺もそう思うよ」と短かく答えた。

「おゆうは、まだ俺を恨んでいるんですよ」

「恨みなんてものは、いっぺんに消えやしねえ」

「俺は、深川へきてもよかったんでしょうか」

よかった、という返事を彦太郎は待っているにきまっている。おゆうと出会う時期になったという言葉だけでは不安なのだろう。

「勝次さんの話では、おゆうは始終小父さんと小母さんのところにきてるという。その間、おゆうの気持は穏やかで幸せだったのに、俺がきちまった」

「だから、それが出会ってもいい時期だってんだよ」

勝次が口をはさむ。

「でも、俺が中島町にいるとわかったら、おゆうはもうこねえ。何で中島町へきたんだと俺を恨みながら、どこかへ行っちまうにちげえねえ」

「だからよ。おゆうさんがどこへも行かねえよう、お捨さんと笑兵衛さんに頼めと言ってるんじゃねえか」

笑兵衛は、掻巻を枕屏風の囲いの中へ戻した。

「今、お捨がおゆうさんのところへ行っているよ。まさかそこで夜明かしはしねえだろうから、お捨の話を聞いてからにしねえ」

笑兵衛の言葉が終らぬうちに物音がした。彦太郎が苦労して閉めた戸を、案外に軽く開けている。

「お捨だよ。あの戸をあれだけ簡単に開けられるのは、お捨しかいねえ」

笑兵衛が言った通り、開けられた戸の向こうにはお捨が立っていた。きているると予測していたのかもしれない。彦太郎を見ても驚かず、微笑を浮かべて手招きをした。

彦太郎は怪訝《けげん》な顔で踏石《ふみいし》の草履に片方の足をおろしたが、そのまま凍りついたように動かなくなった。おゆうが小屋の中へ入ってきたのだった。


彦太郎は踏石に片方の足をおろしたまま、上がり口へ近づいてくるおゆうを見つめている。が、おゆうの視線は彦太郎を飛び越えて、笑兵衛にそそがれているようだった。彦太郎の陰になっていても、おゆうの強い視線を感じるのである。

笑兵衛は、おゆうのうしろにいるお捨を見た。お捨は、頬に深いえくぼをつくってうなずいた。やはり、小屋には彦太郎がきているだろうと言ったらしい。おゆうは、彦太郎と顔を合わせることになるのを承知で出かけてきたようだった。

「小父さん、わたし、引っ越すことにきめました。明日、ご挨拶にくるつもりだったんですけど、小父さんがお寝《やす》みになっているといけないので、夜分にお邪魔しました」

「わざわざ有難う。引っ越すなら、いそがしいだろうに」

「いえ。またどこかで独り暮らしを」

おゆうの言葉の終らぬうちに、彦太郎がはじかれたように土間へ飛び降りた。おゆうの足許で、土下座をしたのだった。

「おゆうさん、すまなかった。ほんとうに、ほんとうにすまなかった。この通りあやまる。と言ったところで、許してもらえるとは思っちゃいねえ。だから、深川からは俺が出て行く。麹町《こうじまち》か四谷か、なるべく深川から遠いところへ引っ越して行く」

おゆうの視線は、あいかわらず笑兵衛にそそがれていた。彦太郎が土間に額をすりつけても、涙をこぼしはじめても、表情を変えなかった。

「小母さんといろいろお話ししたんですけれど、わたし、三島町へ帰ろうと思うんです」

「その方がいいかもしれねえな。ご両親も喜びなさるぜ」

「ええ、父も母もそっと相川町へきてくれていたのですが、父は白髪がふえましたし、母も、腰が痛いという愚痴がふえました。お蔭様でわたしもご飯炊きや洗濯くらいはできますから、少し母に楽をさせてやれます。母がお店に出れば、その分、父も休めると思って」

「おゆうさん」

彦太郎の声が笑兵衛の返事を遮った。

「おゆうさん、お前《めえ》、ほんとうにそれでいいのかえ。深川中島町の木戸番小屋は、お前《めえ》にとって極楽じゃなかったのかえ」

「極楽は、わたしの中にもありますよ」

笑兵衛は開こうとしていた口を閉じた。目はあいかわらず笑兵衛に向けられているが、おゆうは彦太郎に返事をしたのである。

「あの頃のわたしは、行きどころがありませんでしたから。三島町の人達が、米屋のおゆうは化物になったと言えば、世の中の人みんながそう言っているように思えて、毎日が地獄でした」

でも、もう大丈夫と、おゆうは笑兵衛を見て笑った。

「小母さんに教わりました。極楽に住むか住まないかは、おゆうさん次第だって」

悪口がつらければ、月に二度でも三度でも、木戸番小屋へ捨てにくればいい。きれいさっぱり捨てて三島町へ帰って、おっ母《か》さんとお湯屋へ行って、お父《とっ》つぁんには夕飯に熱いのを一合つけてあげる。

「極楽だと思いました。火傷の跡を気にするなと言われても、むりな話ですけど、小父さんと小母さんのところへきている間だけは忘れていられたんですもの。次は父と母の世話をして、忘れるようにしようと思いました」

　彦太郎が顔を上げたが、おゆうは、出入口にいるお捨をふりかえり、視線をまた笑兵衛に戻した。

「小父さん、わたしは明日、三島町へ帰ります。小父さんと小母さんにはほんとによくしていただいて、どうお礼を言っていいのかわからないんですけど」

「礼だなんて恥ずかしい。俺もお捨もろくなことはしちゃいねえ」

「いいえ、あらためてご挨拶にまいりますけど、その前に一言、お礼をと思って」

「有難うよ。が、明日の引越ならいそがしかろう。早く帰って荷物をまとめな」

「ごめんなさいね」

　と、お捨が言う。

「わたしのお喋りが長くなっちまって。それじゃおゆうさん、荷造りのつづきをしに帰りましょうか」

「俺も手伝うよ」

　勢いよく立ち上がった勝次が、土間に蹲っている彦太郎をちらと見た。お前《めえ》も一緒にと言いたかったらしいが、さすがにまだ早いと思いなおしたようだ。

　その間に、深々と笑兵衛に頭を下げたおゆうが小屋の外へ出て行った。勝次が妙に張り切って、そのあとを追って行く。

下駄の音が二つ、歩き出した。勝次の草履の音は聞えないが、そのかわりに「小母さん、手をひいてやろうか」などというはしゃいだ声が聞えてきた。

笑兵衛は、勝次が持ってきたにぎりめしを一口噛《かじ》り、鉄瓶の湯を急須《きゅうす》にそそいだ。その音で、我に返ったように彦太郎が立ち上がった。

笑兵衛は、にぎりめしを包んだ竹の皮を上がり口の方に押した。

「お前《めえ》も食いねえ。にぎりめしってのは、いつ食ってもうまい」

「いえ、俺は」

腹は空《す》いていないというのだろう。

「よかったじゃねえか」

と、笑兵衛は言った。が、何がよかったのか、彦太郎にはわからないらしい。

「おゆうさんと仲なおりできてさ」

「とんでもねえ。おゆうは俺と目も合わせちゃくれなかった」

「が、返事はしてくれたじゃねえか」

彦太郎は黙っていた。おゆうの言葉を、彦太郎への返事と思っていなかったのかもしれなかった。

「いっぺんに欲張るなよ」

答えはない。

「お前《めえ》が尾上町の賄い屋で働いているうちに、またここでおゆうさんと顔を合わせることもあるだろうよ」

「さくら川へは帰らない方がいいんでしょうか」

「そいつはお前《めえ》がきめることだ」

笑兵衛は、茶を飲んで立ち上がった。

「町内を一廻りしてくるよ。帰る時は、火鉢の炭火に灰をかけていってくんな」

土間の壁にかけてある提燈をとり、拍子木を首にかける。その間に、彦太郎が行燈を上がり口まではこんできてくれた。お捨が暇にあかせてつくる紙縒《こよ》りに行燈の火を移し、提燈の蠟燭へその火をうつす。

「湯をわかして待ってます」

と、彦太郎がかすれた声で言った。外に出ると、今夜も川音が高くなっていた。

第二話　花柊《はなひいらぎ》

「あら、おめずらしい。おちせさんとおりつさんがお二人そろっておいでになるなんて、一年ぶりくらいじゃないかしら」

木戸番《きどばん》女房のお捨《すて》は、左官職人と立話をしていたところだった。

このところまた朝晩の冷えが厳しくなって、風邪をひく者が多い。左官も洟《はなみず》をすすっていた。ことによると海際《うみぎわ》の越中島町《えっちゅうじまちょう》で仕事をしていて、手鼻《てばな》をかむのでは間に合わず、鼻紙を買いにきたのかもしれなかった。

木戸番の仕事は夜廻《よまわ》りのほかに、町木戸を閉めた夜更《よふ》けに、たとえば赤ん坊が生れそうになった時の産婆など、やむをえない用事のある者にくぐり戸を開けてやることもある。木戸番の笑兵衛《しょうべえ》は、無事に赤ん坊をとりあげた産婆が、嬉《うれ》しそうな顔で帰ってくるのを見るのが、木戸番の役得だと言っている。酒好きな産婆が赤ん坊の生れた家でふるまわれてきたにもかかわらず、笑兵衛の寝酒まで飲み干して、お捨の隣りで眠っていったこともあるそうだ。

木戸番の小父《おじ》さんと小母《おば》さんはいつもいそがしいと、おちせは思う。

笑兵衛は夜廻りの仕事をすませると、薄明るくなってきた頃には戸を開ける湯屋へ行き、かるく朝飯を食べて一眠りするという。お捨の言葉を借りれば、「そのあとが大変」らしいのだ。

向かいの自身番屋《じしんばんや》へ将棋をさしに行くのである。家主のかわりに番屋に詰めている差配《さはい》の一人、いろは長屋の弥太右衛門《やたえもん》が、その相手であるようだった。

「もう年齢《とし》なんですからねえ。少し、躯《からだ》を休めることを考えればいいのに」

そういうお捨も、始終、土間へ降りたり部屋へ上がったりしている。町から手当は支払われているのだが、それだけでは暮らしてゆけず、日用品などを売る内職が黙認されていて、それがよく売れる。深川中島町澪通り《ふかがわなかじまちょうみおどお》りの木戸番小屋では、お捨が、鼻紙や蠟燭《ろうそく》や付木《つけぎ》や草鞋《わらじ》や子供の玩具《おもちゃ》の双六《すごろく》などを買いにくる客の応対に追われていた。

「お気をつけて」

というお捨の声に送られて、左官は越中島町への新地橋《しんちばし》を渡って行った。越中島町には岡場所がある。妓楼《ぎろう》の壁を塗りなおしているのだろう。

「小母さん、少しお話ししてもいい？」

と、おちせを家から連れ出してくれたおりつが言った。

「あら、何でしょう、あらたまって」

お捨は、ぬけるように色白でふっくらとした顔に怪訝《けげん》そうな表情を浮かべた。

「ここにいる、わたしの幼馴染みのことなの」

おちせは、おりつの脇腹を突ついた。何も言わずに帰ろうという合図だった。が、おりつは、気づいている筈《はず》なのに無視をした。

「一人で災いを背負《しょ》いきれる気になっているんですよ。少しは吐き出せばいいのに」

「ほんと、おりつさんの言いなさる通りですよ。お役に立てるかどうかわからないけれど、わたしでよければお話ししてくださいな。ずいぶんお痩《や》せになったので、びっくりしましたもの」

「そうでしょう。おちせちゃんは、人に話したところでどうしようもないって言うんだけど、おちせちゃんが死んじまったら、それこそどうしようもない」

「ほんと。ここで立話も何ですから、どうぞ中へお入りくださいな。いえ、笑兵衛は番屋へ将棋をさしに行っていますから、お気遣いなく」

お捨は小屋の中へ入って行こうとしたが、人足風の男が草鞋を買いにきた。

軒下にいるお捨の脇をすりぬけておりつは中へ入って行く。「小母さん、お皿を借ります」と遠慮がない。釣銭をかぞえていたお捨が、ふりかえってうなずいた。おりつは、みやげに買ってきた饅頭《まんじゅう》を出すつもりなのだろう。

おりつが手招きをして、おちせは、ためらいがちに部屋へ上がった。仲のよい幼馴染みのおりつがあれこれ心配してくれるのは嬉しいのだが、おりつの遠慮のなさが少し恥ずかしかった。

亭主の三郎助《さぶろすけ》が怪我をして、その看病を口実に舅《しゅうと》の儀兵衛《ぎへえ》が同居するようになってから、おちせは、富吉町《とみよしちょう》の実家にすら行ったことがない。

以前のように母がきてくれればよいと思うのだが、近頃はほとんど顔を見せてくれない。思うように動けぬせいか、よく苛立《いらだ》つようになった三郎助と、始終眉間《みけん》に皺《しわ》を寄せていて、家の風通しがわるいの窓を開けては寒いのと文句を言っている舅の儀兵衛がいたのでは、いくら近くでも、くる気が失せてしまうのだろう。

その上、母も、四十の坂を越えてからよく風邪をひくようになった。父が他界して一人暮らしなので、ようすを見に行ってやりたいのだが、儀兵衛が家の外へ出してくれない。夕飯の惣菜にするものを買いに行くと言っても、魚は魚売りが、蜆《しじみ》は蜆売りが家の前までくるというのである。

一度、豆腐を買いに行って、近所の女房達と、よい天気だとか洗濯物がかわいて有難いとか、そんな程度なのだが立話をしていたのが気に入らなかったようだった。もう幾日も生きられない年寄りを放っておいて、こちらの面倒をみてくれる筈のない女達の機嫌をとることはないというのである。その声が聞えたらしく、八百屋へ根深《ねぶか》くらいは買いに行ってくれた隣りの女房が、まったく声をかけてくれなくなったのも当然だろう。

なまりを煮たとか、芋《いも》を少しよけいに買ったなどの口実をつくってたずねてきてくれた母にも、「やたらにものをもらうんじゃねえ」と言う儀兵衛の声が聞えたらしい。おちせが風邪をひいた時に卵を持ってきて、「これはお前さんの嫁にあげるのじゃない、わたしの娘に食べさせるんですから」と儀兵衛に言い、母もまったく顔を見せなくなってしまったのだった。

今、一月《ひとつき》に一度、一月半に一度くらいになってしまったが、たずねてきてくれるのは、おりつ一人だった。おりつは、おちせの好きな焼芋や羊羹《ようかん》を買ってきてくれて、儀兵衛に怒鳴られようが三郎助にいやな顔をされようが、かまわず二人の前にも焼芋や羊羹がのった皿を置き、おちせに茶をいれさせて、四半刻《しはんとき》くらいの間、ほとんど一人で喋《しゃべ》り、買ってきた焼芋や菓子を食べていった。

有難いけれど、気疲れのする四半刻だった。おりつもおちせを疲れさせていることに気づいたのだろう。今日は何も持たずにやってきて、「おちせちゃん、うちへきて、おこわの炊き方を教えてくれる？」と、有無を言わさず外へ連れ出したのだった。

「ま、それでは、あとでおちせさんが儀兵衛さんに叱《しか》られやしませんか」

草鞋の代金を天井からつるしたざるに入れて、お捨が戻ってきた。お捨の方が番小屋に寄った客のように、上がり口に腰をおろす。次の客がきた時に、せまい部屋の中を横切らずにすむようにしたのかもしれなかった。

「叱られますよ、きっと。だけど、外へ出なくっても叱られるんだもの、どうせ叱られるんなら外へ出て、思いきりお饅頭を食べて、小母さんに相談にのってもらった方が得でしょう」

「その通りね」

お捨はおちせを見て微笑した。

「ねえ、小母さん。おちせちゃん、あのうちを出てしまった方がよくはありませんか」

三月《みつき》ほど前、おりつは、出入口まで見送りに行ったおちせに「飛び出しなさいよ」と囁《ささや》いた。命あっての物種だというのである。一月前《ひとつきまえ》にきた時は、「迷っているなら、中島町の木戸番小屋へ行きなさいよ」と言った。相談に行けというのだった。

相談だけでもしてみたかったが、外へ出る口実がない。ぐずぐずしているおちせが、おりつはじれったくなったのだろう。「おこわの炊き方を教えて」と、強引に連れ出してくれたのだった。おりつはお捨に相談をしさえすれば、妙案を出してくれると信じているようだった。

が、わからずやの舅を見捨ててしまえという話である。いくらお捨でも簡単に返事ができるわけはないと、おちせは思っていた。

案の定、お捨は、「むずかしいお話ねえ」と言った。

「でも、このままじゃおちせさんが疲れきってしまいますものねえ」

「さぶさんはともかく、儀兵衛がおちせちゃんを頼る筋合いはありませんよ。もともと儀兵衛は長男がみるって約束で、その長男の家にいたんだし。だいたい、さぶさんの介抱にきたってのに、さぶさんに薬一つ飲ませてやるわけじゃなし、手前《てめえ》の面倒をおちせちゃんにみさせてるんだから」

「お話を伺うと、儀兵衛さんは苛々《いらいら》してなさるようだけど」

「あれだけおちせちゃんに面倒をみさせたあげくに苛々するなんて、そんなの我儘《わがまま》過ぎますよ」

「今、わたしがご機嫌伺いに出かけても、よけい儀兵衛さんを苛々させそうだし。おちせさん、ごめんなさい。少し考えさせてね」

「ごめんなさいだなんて。でも、小母さんにそう言ってもらえただけで気が休まります」

商売物がならんでいる土間が、ふっと暗くなった。将棋の長い勝負に結着をつけた、笑兵衛が帰ってきたのだった。大柄な笑兵衛は背をかがめるようにして部屋を見て、「おちせさんか。ひさしぶりだね」と言った。

「あれ、おりつさんもいるじゃないか」

笑兵衛のうしろから、弥太右衛門の声がした。

「笑さん、番屋へもどろうぜ。これじゃ男の坐る場所がないよ。お捨さんがつくったという煮豆で茶を飲もうと思ったのに」

「そうだな」

苦笑いをして背を向けた笑兵衛に、おりつが言った。

「小父さん、お願い。おちせちゃんとこへ行って、おちせちゃんはめまいで倒れちまって、もうしばらく帰れないって、そう言っておくんなさい。お願い」

「よして、おりっちゃん」

おちせは耳朶《みみたぶ》まで赤くして、行かないでよいと手を振ったが、おちせの家の事情は笑兵衛も知っていたのだろう、「いいよ」とためらいもせずに嘘をつくのを承知したが、外へ出て行こうとした笑兵衛の前に、弥太右衛門が立ち塞《ふさ》がった。

「おっと、病人がどうのこうのというのは番屋の仕事だ。おちせちゃんとこへは俺が行くから、笑さんは、おちせちゃんの話を聞いてやりな」

弥太右衛門も、おちせとおりつが、お捨と饅頭を食べるためにたずねてきたのではないと察したようだった。このところ少し背が丸まってきたような弥太右衛門の後姿に、おりつが「あとで、おちせちゃんが叱られないように、うまく言《い》い繕《つくろ》っておくんなさいね」と声を張り上げた。


笑兵衛が寡黙《かもく》であることは、よく知っていた。が、これほどとは思わなかった。「おちせちゃんの話を聞いてやりな」と弥太右衛門が言い置いていった筈なのだが、「どうした」と尋《たず》ねるわけでもなく、お捨とならんで上がり口に腰をおろしている。が、おちせは、お捨と笑兵衛に向かい合っているだけでいいと思った。ひっきりなしに浴びせられる叱言《こごと》と不平におびえ、叱言が軀に突き刺さらぬよう鎧《よろ》っていた甲冑《かっちゅう》が、ぐずぐずとゆるんで足許《あしもと》へ落ちて行くような気がするのである。

その笑兵衛が口を開いた。

「お持たせばかり食っていねえで、焼芋でも出したらどうだ」

「ま、お饅頭のあとにお芋ですか」

「と言ったって、ほかにろくなものがねえだろう」

「小父さん、お芋は今度きた時の楽しみにとっておくって、小母さんに言ったんです」

「そうかえ。が、ひさしぶりにきてくれたお人に、何も出さねえなんざ、半間《はんま》な話だ」

それだけの話が、おちせには身にしみるように嬉しい。武家の出であるとか、かつては大店《おおだな》の主人夫婦であったとかいう噂《うわさ》があるが、おちせは、二人のうちのどちらかが大名のご落胤《らくいん》であってもおかしくないと思う。お捨は品がよくて綺麗《きれい》で、笑兵衛は古武士のような風貌の持主だった。

ふっと、甘い香りが漂ってきた。客がきて、お捨が立って行ったのだった。つい先刻、胸いっぱいに吸ってきた柊《ひいらぎ》の花のにおいによく似ていた。

柊の花は、黒江町《くろえちょう》の、このあたりでは大きい方に入る家の垣根でひっそりと咲いていた。黒江町を通るのは遠まわりになるのだが、「おちせちゃん、うちへきておこわの炊き方を教えて」と言うなりおちせの手を引いて走り出したおりつにも、儀兵衛が追いかけてくるような不安が伝わったのかもしれない。どちらからともなく福島橋を渡ったのだった。

黒江町まで夢中で駆けて、さすがに息がきれて足をとめた。その目の前に、柊の垣根があったのだった。

「もう、こんな時期になったのね」

と、小さな白い花に触れながら、おちせは言った。おりつは、わざと棘《とげ》のある葉にさわっていた。

「そりゃ、来月はもう師走《しわす》だもの」

「早いねえ。去年は、おりっちゃんが今川町に柊の垣根のあるうちを見つけてきて、一緒に見に行ったっけね」

「ああ。去年の今頃は、まださぶさんもやさしかったね」

「言わないで、そんなこと」

三郎助が怪我をしたのは、今年の春だった。仕事場での怪我だった。大工の三郎助は、柱とする木材に鉋《かんな》をかけていたらしい。

そこへ、近くに住んでいる家主が、何に使うのか不要な板を二、三枚くれと言ってきた。しかも、その場で自分で割るつもりだったのか、鉈《なた》を持ってきた。が、手間取りの大工が差し出した板は手頃な大きさだったようで、鉈を足許に置いてその板を受け取った。

わるいことは、こんな風に起こるものなのだろう。家主が地面に置いた鉈を、あぶないからと片付けようとした三郎助の足へ、その鉈が飛んできたのである。家主がつまずいて、鉈が飛んだのだった。

今のところ、家主がすべての支払いをひきうけてくれているので、暮らしに不自由はない。不自由はないのだが、三郎助の足は癒《なお》らない。医者がそう言ったのである。歩けるようにはなっても怪我をした右足をひきずるようになり、大工の仕事に戻るのはむりだろうというのだった。このことはまだ、おりつには話していない。

三郎助が苛立つのはむりもないと、おちせは思う。三郎助は幾度、誰にもぶつけられぬ腹立たしさを、動かぬ足を殴ることで晴らしていたか。「やめて」と言えばなお苛立って、三郎助はおちせを突き飛ばす。「お前《めえ》が立って鉋を持つことができても、何にもならねえんだ」と声を荒らげる。おちせは、三郎助にすがりついて泣くほかはなかった。

ただ、三郎助には何人もの友人がいた。北川町の家具職人もその一人だったが、彼が、硯箱《すずりばこ》や抽斗《ひきだし》のような小物をつくってみてはどうかと言ってくれたのである。

無論、はじめからうまくゆきはしない。暇をもてあましているよりも、鉋や錐《きり》に触れている方がよいくらいの軽い気持ではじめてみたらいいというのだった。「この硯箱はなかなかいい出来だと俺が思っても、あいつは冗談じゃねえと金鎚《かなづち》で叩《たた》っ毀《こわ》すだろうな」と三郎助もその気になり、怪我をさせた家主も、できるだけのことはすると言ってくれた。

おちせも、仕立て物の内職をはじめたところだった。苛立ってばかりいた三郎助の口から、しばしば「すまねえな」という言葉が出るようになり、おちせも、おちせの母も胸を撫《な》でおろしていたところへ儀兵衛がきたのである。

「伜《せがれ》が大怪我をしたというのに、嫁にまかせてはおけねえからきた」

と、儀兵衛は言った。見舞いにきてくれたのだとおちせは思ったが、儀兵衛は帰らなかった。

翌日も翌々日も帰らず、おちせが、「お義父《とっ》つぁんはわたしどもにしばらくいなさると、おうちに言っておきましょうか」と尋ねた時から叱言がはじまった。所帯をもつ前の三郎助が、「口やかましい親父《おやじ》がいる」と苦笑いをし、長男夫婦と同居している儀兵衛に挨拶をしに行った時も嫁に叱言を言っていたが、これほどとは思っていなかった。

「俺がいつ帰ろうと、俺の勝手だ」と、儀兵衛は怒ったのである。「俺のすることに、嫁から文句をつけられてたまるものか」。それ以来、儀兵衛の叱言はやむことがなくなった。

「そら、心配していた通りだ。足に巻かれている晒布《さらし》が汚れているよ。お前《めえ》のところに盥《たらい》ってものはねえのかえ」「今は何刻《なんどき》だと思ってるんだ。もうじき九つの鐘が鳴らあ。九つってのは、昼飯を食う時刻だ。お前《めえ》、三郎助と俺を飢えさせる気か」「仕立て物を届けに行くだと？　そんなものは三郎助と俺の面倒をみる合間に行け。ああ、真夜中になったって、用事がありゃ、木戸番はくぐり戸を開けてくれらあ」

三郎助ははじめ、おちせの味方だった。「親父、いい加減にしねえ」と言ってくれていたのだが、近頃では何も言わなくなった。それどころか、儀兵衛の叱言を聞いているのが鬱陶《うっとう》しいのか、「親父に叱言を言わせねえようにしろ」と、おちせをなじるのである。

が、「茶をいれてくれと言われる前に、熱い茶をいれるくらいの気持はねえのか」「いつ用事ができるかわからねえのだから、外へは行くな」「三郎助と俺がちょうど目を覚ます時に、朝飯の膳をならべておけ」「あてつけのように、居眠りをするな」等々、儀兵衛の叱言は、むりが多かった。

気がつくと、お捨がいなかった。ひらいた茶の葉を捨てに行ったらしい。笑兵衛は、こよりで煙管《きせる》のやにをとっていた。

眠気を誘われるような昼下がりだった。同じ深川の中に、これほど穏やかな時の流れているところのあるのが、今のおちせには不思議だった。

人それぞれというけれど。

お捨と笑兵衛には、二人に似合った時が流れているということなのだろうか。おちせは、柊の垣根の家の前で、おりつと話したことを思い出した。

「ねえ、この家、昔は漁師だったっていうご夫婦が住んでなさるとこじゃない」

老夫婦には三人の娘がいて、それぞれ大工、小売りの米屋、碁石《ごいし》の細工師に嫁ぎ、亭主となった男達からの仕送りで、のんびりと暮らしているらしい。なまじ伜がいると意にそまぬ嫁をもらうこともあるが、娘は嫁に出しても面倒をみてくれるのでその方がよいと、あれは誰が言っていたのだろう。おちせの母も、始終おちせ夫婦の家にきては、近くに家があるにもかかわらず、泊まっていったものだった。

おりつはかぶりを振って答えた。

「今、ここは空家」

「え、どうして」

「今年の夏にお爺さんが亡くなってね。お婆さんは、娘さん達がひきとりなすったんだって。今月は一番上の娘、来月は二番め、その次の月が三番めっていうようにしてなさるようだよ。孝行娘が三人もいると、お婆さんも楽じゃないね」

「そんな、幸せじゃないの。所帯をもって、三人が三人ともうまくいってるなんて」

「格別幸せというわけでもないいんじゃないの。それが普通なの、世間では」

「そうかしら」

「そう。おちせちゃんやわたしが、普通じゃなさすぎるの」

　おちせには姉がいた。三つちがいの、おたみという姉だった。仲のよい姉妹だったが、今はどこで暮らしているのかわからない。尾州家ご用達《ようたし》の時計師の伜と恋仲になり、親が建具職人《たてぐしよくにん》では肩身がせまいだろうと、干鰯問屋《ほしかどんや》の養女にしてもらった。あらためて行儀作法を覚えてから嫁いだのだが、両親が心配した通り、夫婦仲はわるくなった。

　姉はしばしば富吉町へ戻ってくるようになり、「してはいけないということばっかり」と愚痴をこぼした。たまたま台所へ出て行くと、女中達が焼芋を食べていて、「若奥様もいかがですか」と二つに割ったのを皿にのせてすすめてくれた。それを受け取ったのを姑《しゆうとめ》が見ていて、「はしたない」と叱られたのだという。女中の買い食いにつきあったというのだった。

「もういや」

　と、姉は言っていた。

「おちせに言っておくけど、お嫁にゆくってことは、まるで知らないうちの中で、まるで知らない人達と暮らすことだからね。姑がわたしの亭主を指さして、この子が十二、三の時のお花見に、こういうことがあったと言ったって、わかるのは舅夫婦と亭主と、亭主が子供の時からいる女中だけ。わたしは何にもわかりゃしない。その時の居心地のわるさといったら、もう」

姉は十五で時計師の伜と知り合って、十六の年を一年間も干鰯問屋で暮らし、十七で嫁いだ。若かったから、こわいもの知らず、むこうみずだったんだよと母は言っていたが、若いからこそ、その家に早く馴染むこともできるのではないか。

「わたしと時計師の家は、反《そ》りが合わないんだね」

と、おたみは苦笑していた。

「お前には、大工のいい人がいるんだったね。三男で、子供の頃から親許を離れているというんなら、大丈夫だよ。お前が苦労することはない」

おたみはそう言っていたが、或る日そっとおちせを呼び出して、「わたしはこの人と暮らすことにした」と言った。姉よりも、確実に二つか三つは若い、気の弱そうな男がそばにいた。おたみは、「新《しん》さん」と呼んでいたと思う。

この人と暮らすというのは、駆落するということだった。その後の騒動は言うまでもないだろう。時計師の方に、嫁に逃げられたという事実を人に知られたくないという弱みがなかったなら、父も母も時計師夫婦に責めつづけられていたにちがいない。母の言いなりだったという時計師の伜は、その後すぐに後添《のちぞ》いを迎え、一年たたぬうちに離縁した。今は三番めの女房と、幸せかどうかはわからぬが、ともかくも暮らしているという。

おたみから便りがあったのは、おちせが三郎助に嫁いでからだった。誰に聞いたのかわからないが、妹のことは気にかけていてくれたらしい。「新さん」は経師職人《きようじしよくにん》だったようで、気の弱そうな風貌とはうらはらに、腕はよかったようだ。どこなのかはわからぬが城下町に住み、商家から依頼があるらしい書画の表装を一手にひきうけているというのである。

おちせ宛ての手紙だったが、病いの床《とこ》についていた父に見せてやった。父は、「はじめっから経師屋の女房になりゃよかったんだ」と言いながら、それでも嬉しそうに手紙を読み返していた。安心して、あの世へ旅立つことができたと思う。

「人それぞれだね」

と、おりつは言った。

「お前の話を聞いただけだけど、わたしは新さんて男がじれったくてしょうがないもの。おたみさんは、うまくいってんだろ」

「多分ね。あのあとにきた便りには二人めの子が生れると書いてあったし、その次のには、新さんに弟子ができたと書いてあったもの」

「おたみさんも普通の人になれそうだね」

と言って、おりつは笑った。

「新さんと喧嘩をしながら、いつのまにか年寄りになっちまうんだろうね。それでもわたしゃ、いっそ所帯をもたなけりゃよかったと思うよ」

「そんな」

「所帯をもたずにいりゃ、わたしゃ嫁《い》かず後家だけど、あのうちの娘だよ。嫂《あによめ》に文句を言われるどころか、小姑《こじゅうと》のわたしが、あっちをいじめてやれたんだ。それを、嫁にいったばかりに出戻りになって、肩身をせまくして暮らしてるんだもの」

めずらしく、おりつの語尾がしめった。泣き出すのではないかと、おちせは思った。

「おちせちゃんも、三郎助さんといい仲になった時は、まさか舅が押しかけてくるとは思わなかっただろ」

「ええ。本所《ほんじょ》の生れだけど、六つの時にわけがあって佐賀町の棟梁《とうりょう》のうちへあずけられたので、本所のことはほとんど覚えていないって言っていたし」

「深川の堀割を見て育ったんだものね。おつきあいをはじめた頃は、昔、仙台堀《せんだいぼり》のあそこに材木置場があったとかなかったとか、つまらないことで言い争っていたじゃないか」

「ええ。でも、そんな口喧嘩も面白くってねえ」

「とんだところで、惚気《のろけ》るんだねえ」

おりつは苦笑いをして、しばらく柊の葉をもてあそんでいた。

その間、おちせはひっそりと咲く花の香りをかぎ、こんな垣根のある家に住みたいと思った。三郎助は怪我をしてしまったが、儀兵衛さえこなければ、この家を借りることもできた。母をひきとって、母とおちせが仕立て物をひきうけるようになれば、店賃くらいは払えたのである。

「ねえ、このうちを借りてみない」

と、おちせの胸のうちを見透かしたようにおりつが言った。

「わたし、お金はあるんだよ。わたしに非があって追い出されたわけじゃないから、離縁された時に多少はもらってきた。それに一の鳥居のそばの料理屋で働くことにしたの」

「おりっちゃんが、お料理屋で」

「そんなに不思議そうな顔をしなくってもいいじゃないか。うちで嫂《ねえ》さんと機嫌のわるい顔を突き合わせているより、どれくらいいいか知れやしない」

「そうね」

「だからさ」

と、おりつは、柊の葉をもてあそんでいた手で、花に触れていたおちせの手を取った。

「おちせちゃんも、別れておしまいよ」

「何を言ってるの、三郎助は怪我人よ」

「そんなこたあ、わかってるよ。けど、儀兵衛をどうするんだえ。お前がさぶさんと別れちまえば、儀兵衛にさぶさんの面倒なんぞみられやしないから、長男のとこへ帰って行くよ。どうせ、嫁と折り合いがわるくって、三男を頼ってきたんだろうけど」

「でも、それじゃますます、わたし達は普通じゃなくなっちまう」

「世間体がわるいってのかえ」

「そうじゃないけど。怪我人の三郎助を放っとけないし」

「おちせちゃんがいなくなりゃ、儀兵衛は長男のところへ帰るさ。儀兵衛さえいなくなりゃ、さぶさんにゃ友達が大勢いるんだもの、誰かが後添いを見つけてくれるよ」

三郎助の後添いという言葉に、おちせは胸が焼けるような気がした。

やはりわたしは三郎助の女房なのだと思ったが、ふっと、母とおりつとの三人でこの白い花の垣根の家に住んでいる光景が浮かんでくる。女だけで、そんな暮らしをしてみたいのである。

「でも、むり」

「むりじゃないよ。おちせちゃんくらい縹緻《きりょう》がよければ、もっといい亭主が見つかるよ、きっと」

「亭主は三郎助一人で沢山」

「それじゃ、儀兵衛と縁が切れないよ。さぶさんの足が癒る前に、お前が死んじまう。それよりともかく、中島町の木戸番小屋へ行きましょ。行って、小母さんと小父さんに相談しましょ」

おりつにそう言われてきたのだが、お捨も笑兵衛もまだ、これといった答えを出してくれない。その上、お捨と笑兵衛から、別れてしまえというような答えは出てこないと、おちせにはわかっていたような気がするのである。

「すみません、お待たせしました。炭屋のおかみさんと立話をしていたものだから、遅くなってしまいました」

お捨が、空の急須《きゅうす》を持って戻ってきた。

「今、熱いのをいれますからね」

だが、その前に足音が聞えた。おちせは身震いをしてふりかえった。木戸番小屋にいると知った儀兵衛が、怒りに顔を真っ赤にして、「早く帰れ」と怒鳴り込みにきたのではないかと思った。

足音の主は弥太右衛門だった。弥太右衛門は、寒さよけの手拭《てぬぐ》いを巻きなおしながら、「いや、怒ったの何の」と苦笑した。

「おちせちゃんは、手前《てめえ》の伜の嫁だぜ。おまけに、手前《てめえ》もおちせちゃんに面倒をみてもらっているんだぜ。なのに、頭から湯気をたてて怒りやがった」

「どうして。どうして儀兵衛が怒るんですか。おちせちゃんが倒れたって言えば、心配するのが当り前でしょう」

おりつが腰を浮かせて声を張り上げた。

「倒れたのが、いけないんだとさ」

弥太右衛門は、吐き捨てるように言った。

「人のうちで倒れるなど、だらしがなくってみっともねえんだと。おまけに、うちには病人がいるんだから日が暮れる前に帰ってこいとも吐《ぬ》かしゃがった」

「何ですって」

「あっちは、おちせちゃんよりもっと病人なんだとさ。病人を放り出して、おこわを炊きに行くからこんなことになると、すごい剣幕でまくしたてるばかりで、大丈夫かとは一言も聞きゃあしねえ。おちせちゃん、お前《めえ》、あんな父親のいる男とは別れちまいな」

お捨も笑兵衛も黙っていた。

三郎助と別れて、自分と一緒に柊の垣根の家に住もうと言っていたおりつでさえ黙っていた。三郎助との離縁を自分ではない者の口から言われてみてはじめて、離縁とは、うかと人にすすめられることではないとわかったのかもしれなかった。

おちせは、そっとあとじさった。

「わたし、帰ります」

「冗談じゃない」

と、おりつはおちせの袖《そで》をつかんで言った。

「今帰ったら、叱言の大嵐じゃないか。それこそめまいで倒れちまう」

「いいえ、帰るおつもりなら、あまり遅くならないうちにお帰りなさいまし。言うまでもなく、おちせさんのお気持が鎮《しず》まってからの話ですけれど。おいやでなければ、わたしが送って行きます」

　おりつは意外そうな顔をしたが、おちせは、お捨がそう答えることもわかっていたような気がした。だが、笑兵衛に挨拶をしたものの、立ち上がれそうにない。家へ帰った時の儀兵衛を想像すると、恐しさに腰も足も畳に貼りついたようになってしまうのだ。

　豆腐屋の金兵衛《きんべえ》の長男、秀太《ひでた》が小屋へ飛び込んできたのはその時だった。ごく近頃、俺は豆腐屋になると言ってくれたと、豆腐を売りにきた父親の金兵衛が嬉しそうに話していた。

「おちせ姉ちゃん、いる？」

「いますよ。どうしたの」

　腰も足も、ひとりでに畳から離れた。おちせが立ち上がると、お捨と笑兵衛は上がり口の隅に軀を寄せて、土間の通り道に立っていた弥太右衛門も、商売物ののった台に背をぴったりとつけた。走ってきたのだろう、息をはずませながら秀太はその狭い隙間を巧みに通り抜けてきて、

「大変だよ、おちせ姉ちゃんとこのお爺ちゃんと、うちの親父が喧嘩をしちまった」

「何ですって」

足が動いた。踏石の上の下駄をはいたのだった。

「何でまた喧嘩なんぞ」

「わからないよ。今日は俺が豆腐売りに出たんだけど、親父がおちせ姉ちゃんに上げてくれと言った油揚を忘れちまったんだ」

薄切りにする豆腐が半端な大きさになって、小さくなったり形がととのわなくなったりしたものを、金兵衛はおまけにしてくれる。味に変わりはないので千切りの大根と煮たりするのだが、それを忘れてしまったらしい。

「親父が気がついて追いかけてきたらしいんだけど、俺、今日にかぎっていつもとちがう道を歩いていたものだから、親父が先に相川町についちまって。俺が行った時にはもう喧嘩になっていた」

「それで」

「お爺ちゃんが、親父に殴りかかったんだ」

「まさか。腰が痛いの、足が痛いのと寝ているのに」

「嘘じゃないよ」と叫ぶ秀太を押しのけて、おちせは小屋の外へ出た。「お爺ちゃんは家にいないよ」という秀太の声が追いかけてきた。

「何でお爺ちゃんが殴りかかったのか知らねえが、親父も怒って殴り返そうとしたらしいんだよ。お爺ちゃんは逃げようとして、転んで起き上がれなくなっちまったんだ」

「転んだですって」

「骨が折れた、痛《いて》え痛《いて》えとわめくからさ、お爺ちゃんは、親父と隣りの人とで医者へ連れて行ったよ」おちせは、返事もせずに走り出した。めまいがしたなどと嘘をついてまで、長居をすることはなかったのだと思った。


儀兵衛は、足首をひねっただけだった。まだ大仰《おおぎよう》になっていたが、医者の話では、明日になれば腫《は》れもひくとのことだった。

「そんなこったろうと思った」という声が聞えた。金兵衛と一緒に儀兵衛を医者へはこんできてくれたという、隣家の男の声だった。錺職《かざりしよく》で、仕事を早めに切り上げて湯屋へ行こうとした時に、儀兵衛の悲鳴を聞いたという。

そんな声が聞えて儀兵衛が黙っているわけがない。目を吊り上げてふりかえった時に、お捨が「何にしても、ようございました」と言った。弥太右衛門と秀太を残して、お捨も笑兵衛も、おりつも、おちせのあとを追ってきてくれたのだった。

「骨を折っていなすったら、今晩中、うめいていなさるところでしたよ。儀兵衛さんは、痩せていなさるのにお強いんですねえ」

返事はない。隣家の錺職を睨《にら》んだ顔を、そのままお捨へ向けるわけにはゆかず、うつむいて、誰にも聞えぬ声で「そんなこたあねえ」などと呟《つぶや》いているのだろう。このあたりでは、うまいと評判の医者の家だった。

「塗薬《ぬりぐすり》は、あとでお嫁さんに渡すよ」

と、医者が儀兵衛に言った。

「儀兵衛さんは、一足先に帰った方がいい」

「冗談じゃねえ」

儀兵衛はふたたび目を吊り上げた。

「俺あ、足に怪我をさせられたんだ。嫁が一緒に帰らなかったら、茶を一杯、飲めやしねえ」

「俺がいれるよ」

笑兵衛だった。笑兵衛は、医者の前で足を投げ出している儀兵衛の前に蹲《うずくま》り、背を向けた。背負って行くというのだった。

「いいよ、みっともねえ」

「それじゃ、歩いて帰れるかえ」

「帰れるわけがねえだろう。戸板にのって帰る」

「その方が、みっともねえよ。さあ、遠慮しねえで」

医者が儀兵衛をかかえあげ、笑兵衛の背に寄りかからせた。笑兵衛はゆっくりと立ち上がって、儀兵衛を揺すり上げた。

「どうだえ、おんぶもわるくねえだろう」

儀兵衛は黙っていたが、おちせもおりつも、金兵衛もお捨も笑兵衛の背にいる儀兵衛を見つめていた。儀兵衛は迷惑そうな表情を浮かべたかったにちがいない。が、深い皺の刻まれた顔に浮かんだのは、てれくさそうで、恥ずかしそうで、嬉しそうな表情だった。

「お世話になりました」

と笑兵衛が医者に言って、外へ出て行った。金兵衛と隣家の錺職がそのあとを追って行った。

「おとなしく帰って行ったな」

と、医者が言った。

「これじゃ痛さで死んじまう。何とかならねえのかとわめいて、手がつけられなかったのだが。笑兵衛さんがきてくれて助かったよ」

「すみません」

「おちせさんがあやまることではないが」

医者は苦笑いをして、弟子に塗薬を練《ね》るように命じた。まもなく隣りの部屋から、強い薬のにおいが漂ってきて、弟子が壺に入れたそれを持ってきた。黒い、どろりとした塗薬だった。

「遠廻りをして帰りましょうか」

と、お捨が言う。

「でも、うちは怪我人ばかりだから」

大仰に痛がる儀兵衛を気遣って、せっかく傷口のふさがった三郎助が立ち上がるようなことになれば、家具職人の家へ行く日がまた遠くなってしまう。

「笑兵衛がいるじゃありませんか。ぐらぐら煮たっている鉄瓶のお湯を、いきなり急須にいれてしまうので、お茶は上手《じょうず》にいれられませんけど」

お捨は、ふっくらとした手を口許《くちもと》に当てて、ころがるような声で笑った。

「金兵衛さんもついて行きなすったでしょう。金兵衛さんがいなされば、火傷《やけど》をするようなお茶は飲まずにすみますすよ」

「番小屋が留守になっちまいます」

「しばらくの間なら、弥太右衛門さんがいてくださいますよ」

お捨のやわらかな手が、おちせの肩に置かれた。

「その間に、笑兵衛が儀兵衛さんの不満や不平を聞いてきますよ」

おちせは口を閉じた。確かにおちせを可哀そうだと言う人はいても、儀兵衛を気の毒だと言う人はいない。儀兵衛は、この年齢になって伜の看病を口実に三男の家へ転がり込まねばならない自分を、可哀そうだと一人で思っていたのかもしれなかった。

おりつが首をすくめた。

「儀兵衛に不満なんぞあるわけないでしょう」

「ありますよ、多分。不満の種がないっていう不満が」

「それじゃ儀兵衛は小父さんに、不満の種をつくってくれって文句を言うんですかえ」

「まさか。一所懸命、おちせさんのあら探しをするでしょうね」

「おおいやだ。やっぱり離縁した方がいいよ、おちせちゃん」

真剣な表情だった。が、おちせは、ゆっくりとかぶりを振った。お捨と笑兵衛に相談をもちかけても、なかなか答えてくれなかったわけがわかったと思った。

おちせは、三郎助と別れられない。長男の嫁と喧嘩をして、家にいられなくなったのかもしれない儀兵衛も見捨てられない。

儀兵衛の話をすると、十人中十人が「そんな父親のいる男とは別れた方がいい」と言うが、仮にお捨と笑兵衛にそう言われ、別れることを選んだとしても、生涯、わたしは亭主と舅を見捨てたと悔やむだろう。亭主は怪我人だったし、舅も腰が痛いと言っていた、そんな二人を置いて出てきたと、気持の晴れる日はないにちがいなかった。

「ふうん」

と、おりつがまた首をすくめた。

「人それぞれというけどね。わたしにゃ儀兵衛の面倒をみながら辛抱しようというおちせちゃんの気持がわからない。あんな爺《じじ》いの面倒をみたって、骨折り損だよ」

「そんなことはありませんよ」

お捨がかぶりを振った。

「そのうちに儀兵衛さんも、おちせさんにお礼を言うようになりますよ」

「まさか。信じられない」と言うおりつに微笑んでみせて、「わたしはここで」とお捨が言った。頭を下げると、気のせいではなくよい匂《にお》いが漂った。弥太右衛門に留守番をさせているからと、川沿いの道を早足に歩いて行く。

ふいに、おりつが溜息をついた。「いやだな、わたしだけひとりぼっち」と言う。

おりつの離縁の原因は、亭主が女遊びをして、その女がみごもったからだと聞いている。喧嘩をする暇もなく、別れてくれと姑から言われたそうだ。

「苦労はするけど、さぶさんがいるんだものね」

「忘れないで。おりっちゃんの仲良しが、ここにいるじゃないの。木戸番の小父さんと小母さんもいるし」

「そりゃそうだけど。おちせちゃんと、あの柊の垣根のうちに住めると思ってたんだもの。料理屋で働いていたって、いいことばかりあるわけじゃないからね」

「ごめんね。でも、いつか、あのうちに住もうよ。わたしも仕立て物の内職をして、お金をためるから」

「おお、いやだ」

おりつは、身震いをしてみせた。

「舅と亭主と母親を連れてくるんだろう。誰が一緒に住むものか」

「それじゃ、もういっぺん、あのうちを見に行こ。気立てのいい男の人が、垣根の前でおりっちゃんを待っているかもしれないし」

「夢みたようなことを言わないでおくれ」

気がついてみれば、一緒に歩いているおりつからも、柊の花の、いい匂いが漂ってくるような気がするのである。

第三話　澪《みお》つくし

春が江戸に腰を据《す》えたのだと思った。

深川中島町《ふかがわなかじまちょう》澪通《みおどお》りに面している木戸番《きどばん》小屋の西側には、仙台堀《せんだいぼり》からの枝川が流れている。その小さな川にかかっている名無しの橋を駆けて渡ろうとしたのだが、お才《さい》は橋の真ん中あたりで足をとめた。

枝川は木戸番小屋の斜め向かいで、町の南側を流れてくる大島川と一つになり、隅田川に流れ込んでゆく。しかも河口に近く、名無しの橋は可愛らしいと言いたいくらいの小さな橋なのに、渡る時は風に裾《すそ》をあおられぬよう気をつけねばならなかった。今日も決して穏やかではないのだが、素足の踝《くるぶし》にからまる風が、肌をさすほどにはつめたくないのである。

そういえば、木戸番女房のお捨《すて》は、「一月前《ひとつきまえ》と、川の音がちがうんですよ」と言っていた。春の陽《ひ》に暖められた水は、ぬくとい音で流れるというのである。

確かにそうだと思った。七つで逝《い》った小吉《こきち》は川遊びが大好きで、年上の子供達の仲間に入れてもらい、日本橋川で泳いだり、盥《たらい》の舟に乗せてもらったりしていたものだ。

「もう泳げるって、川が言ってるよ」と、よくお才の肩を揺さぶって言っていたが、小吉には「ぬくとくなったよ」という川のささやきが聞えていたのかもしれない。

「おや」

と言う声がした。深川に移ってきてから日の浅い、自分を見かけての声ではないと思ったが、同じ声が、「お才さんじゃないか」と言った。

ふりかえると、三十歳くらいの男が立っていた。

知らぬ男ではなかった。一番会いたくない男、というのは、お才の気持のほんの一部分でしかなかった。亭主の茂吉《もきち》と別れてからは、時折、会いたくてならなくなるのを、懸命に抑えるのに苦労している男だった。彼に言わせれば「町人になりそこねた四代も前からの浪人者」で、名前を宇田《うだ》雄之介《ゆうのすけ》という。

「こんなところへ、何しにきなすったのだ」

「こんなところって、わたしは半年ほど前に、この先の熊井町へ越してきたのですけれど」

「半年も前に。知らなかったな」

雄之介は、不思議そうな顔をした。

「恥を話すようだが、あれからわたしは北川町に住んでいる。もう五年もここの子供に読み書きを教えているよ」

そうですかと、お才は口の中で言った。雄之介も声をかけたのを後悔しているように、暮れかけてきたあたりを見廻していたが、やっと次の言葉を見つけたらしい。

「息子さんは」

と、尋ねた。

「小吉ですかえ」

「うむ」

小吉の名を口にしただけで、涙がにじんできそうだった。泳げるようになった、川岸近くで十間《じっけん》くらいも前へすすめるようになったと自慢していた小吉は、一昨年の夏、咳《せき》がとまらぬのを心配しているうちに息をひきとった。医者も、風邪だと思っていたのだがと首をかしげるばかりだった。

「すまない。わるいことを尋《たず》ねてしまった」

「いいえ。雄之介さん、いえ、宇田様がお尋ねにならなくっても、小吉が死んでしまったことにかわりはないのですもの」

答えはなかった。お才は、雄之介の答えがわかっていることを尋ねた。

「奥様はお元気ですかえ」

「ああ。一緒に子供達を教えている」

そういう答えが返ってきてもたじろがないつもりだったのだが、お才は尋ねたことを後悔した。雄之介の妻、萩江《はぎえ》は、呉服町の稲荷新道《いなりじんみち》に住んでいた頃から、雄之介と一緒に稽古場《けいこば》に出ていた。女の子達に、かな文字と裁縫を教えていたのである。ただ萩江には妙な噂《うわさ》がつきまとっていた。五年前、雄之介が萩江を連れ、行先も知らせずに稲荷新道から姿を消したのは、妻をその噂の中から救い出すためにちがいなかった。

「そちらはどうだ」

と、雄之介が言った。

「ご亭主は息災《そくさい》か」

「多分」

と、お才は答えた。

「どこかで無事、生きていると思います」

「別れたのか」

驚いたらしい声だった。お才は黙って、昼の暖かさにしっとりしているような夕闇を眺めた。

「わたしは、まだ子供に恵まれなくってな。夫婦二人で暮らしているよ」

「そうですか」

返事のしようがないことを言うと思った。

「すまぬ。ついなつかしくて声をかけてしまったが、夕暮れ時でそちらもいそがしかっただろう。よけいな手間をとらせてしまった」

「いいえ、待っている者のない一人暮らしですから、いそがしいことなんざありません。今も、そこの木戸番小屋で油を売っていたところなんです」

「お捨さんと、か」

雄之介が木戸番小屋をふりかえった。少々うろたえたようにも見えた。

おオは、中島町の木戸番小屋が、中島町だけではなく周辺の人達が機にふれて集まってくる場所となっていることを思い出した。雄之介の妻、萩江も、子供達への稽古を終えたあとに、紅梅焼《こうばいやき》や煎餅《せんべい》や、時には饅頭《まんじゅう》などを持って、愚痴をこぼしに行っているのかもしれなかった。

よく半年もの間、顔を合わせずにいられたものだ。そう思った。萩江の噂は噂だけではなかったと、雄之介もとうに気づいているにちがいないが、噂をひろめたのはおオだというのは萩江の思い込みだと気づいていてくれただろうか。

おオは、萩江ではなく雄之介のために、口をかたく閉ざしている。雄之介もそれとわかっていると信じていたのだが、ふと妻の言葉に耳を傾けてしまうこともあるだろう。萩江は、夫が自分の言葉に耳を傾けてくれたことに自信を得て、おオという女の口から出まかせに悩まされていると、木戸番小屋でも愚痴をこぼしているのではないか。

「や、長い立話になってしまった。すまなかったな」

「いえ」

「達者で、というほどの遠さではないが、達者でいてくれ」

「有難うございます。雄之介さん、いえ宇田様も」

「ああ、わたしは大丈夫だ。が、宇田様はやめてもらいたいな」

おオは、低い声で笑った。

江戸橋のたもとで、雄之介に稲荷新道への行き方を尋ねられた時をふと思い出した。雄之介は十九で、おオは十五だった。おオも建具職人《たてぐしょくにん》の父の用事で稲荷新道へ行くところで、この道を真直ぐに行ってあそこで曲がってと教えるよりもと、一緒に歩いて行くことになった。

「助かりました。江戸の生れなのですが、江戸も真ん中の方は不案内で」

新道へ入るところで、雄之介はそう言って笑った。姓名もなのったが、その時は「三根《みね》雄之介」だった。

その後、雄之介は稲荷新道にあった手跡指南所《しゅせきしなんじょ》の娘、萩江の聟《むこ》となり、お才は、稲荷新道に住んでいた建具職人、茂吉の女房となったのだった。


仕立て直しや、近頃ひきうけることになったおもちゃの内職が一段落つくと、お才は、中島町の木戸番小屋へ行く。夜廻《よまわ》りと、町木戸を閉めたあとのやむをえない通行人のためにくぐり戸を開けるのが役目の笑兵衛《しょうべえ》は、狭い番小屋の部屋で眠っていることが多いのだが、いろは長屋の差配《さはい》、弥太右衛門《やたえもん》が自身番屋《じしんばんや》に詰めている時は、三日に一度の割で起こされるようだった。将棋をさそうというのである。

眠らなければ夜の役目がつらくなるだろうに、笑兵衛も、「俺は眠いんだよ」と言いながら嬉《うれ》しそうに出かけて行く。今日は、その弥太右衛門が木戸番小屋にいた。書役《しょやく》の太九郎《たくろう》が買ってきた団子をお捨夫婦に持ってきて、番小屋で茶を飲んでいたのだった。

「あら、お才さん。ちょうどいいところへきてくださいました」

と、お捨がころがるような声で笑いながら言った。

ふっくらと太っていて背も高く、はじめて会った時は、肉づきと背丈の釣り合いがとれている人だと思ったが、今では、どちらかといえば痩《や》せている自分が恥ずかしくなる。色白で軀《からだ》の大きいお捨が、この上なく美しく見えるのである。

亭主の笑兵衛も背が高く、こちらは古武士のような風格があった。もとは武士であったとか、日本橋の大店《おおだな》の主人夫婦であったとか、さまざまな噂を耳にしたが、お才はそのどれもが事実なのではないかと思っていた。

「さあさあ、狭いところですけどお上がりくださいな。今、お茶をいれますからね」

何も持っていなかったお才は、かぶりを振って帰ろうとした。お捨はまた、ころがるような声で笑った。

「何を言ってなさるの。この上お才さんがお団子を持ってきてくれなすったら、お団子の上に夜具を敷いて、笑兵衛を寝《やす》ませなければなりませんよ。今日のお才さんは、一緒にお団子を食べてくだされぱいいんです」

「そうなんだよ」

笑兵衛が、眠そうな声で言った。

「太九さんが、俺に何の恨みがあるのか、こんなに買ってきて食えと言うんだよ。食ってもらえたら有難《ありがて》え」

「実を言やあ、団子屋で勘定《かんじょう》を間違えちまったんだそうだ。が、間違えたとは恥ずかしくって言えず、ご覧の通り、山のように買ってきちまったというわけさ」

弥太右衛門が、しゃっくりのような声で笑った。ふりかえると、番小屋の向かいにある自身番屋でも、顔見知りの者を呼び込んで、団子らしい紙包みを渡していた。

「大盤振舞いと言いたいが、太九さん、大散財《だいさんざい》だったな」

弥太右衛門が、笑いながら気の毒そうに言う。

「この次は、俺達が蕎麦《そば》でもおごってやるか」

「けちなことを言うねえ。鰻《うなぎ》でもおごってやりな」

「いいともさ。が、その時は、団子を食った者は一蓮托生《いちれんたくしょう》だ」

おごる方の仲間に入れというのだろう。お才は、笑って団子に手をのばした。

「わたしも、お仲間にいれてもらいます」

「いいよ、お才さんはお捨さんのお客様だ」

「いやですよ、お客様扱いしないでおくんなさいな。もう熊井町に越してきてから、半年もたつんですから」

「ほんとに、早いものですねえ」

お捨が口をはさんだ。

「ついこの間、引っ越してきなさったと思ってたのに」

「そう言やあ、このところ、このあたりへ引っ越してくる人がふえたな」

と、弥太右衛門が言う。お捨は、ひらいた茶の葉を捨てに行くつもりなのだろう、立ち上がりながら「嬉しいことじゃありませんか」と言った。

「このあたりの人が、どんどんよそへ越して行きなすって、寂しくなっちまったら困りますもの」

「お捨さんの言いなさる通りだが、この間、妙な男を見かけてね。片端から、あちこちの家《うち》をのぞき込んでいるんだよ。ありゃあ、誰が住んでいるのか確かめようとしていたんじゃねえのかな」

「薄気味のわるい。人を探していなさるのなら、誰かに聞きなさればよいのに」

「それができないから、家《うち》ん中をのぞき込んでいるのさ」

お才は、団子がのどにつかえたような気がした。

亭主の茂吉は、別れてくれとかすれた声で言った夜に家を出て行って、それきり戻ってこなかった。一度、神田三河町《かんだみかわちょう》で見かけたと、稲荷新道にいた頃に隣家の女房が知らせてくれたが、無論、探しに行く気にもならなかった。

その後、茂吉の消息が耳に入ってきたことはない。が、一度きりでも、三河町で見かけたという人がいるのである。ほかにも茂吉の知り合いが、三河町か周辺の町を歩いている茂吉に出会ったことがないとは言えないし、この半年くらいの間にそんなことが起こっていれば、「お才さんは引っ越したよ」と、その人物がよけいなことを言うかもしれないのである。

「人がふえると、おかしな奴《やつ》もついてくる」

と、弥太右衛門は言って、あわてておオに向かってかぶりを振った。

「いや、お才さんのことを言ってるんじゃないよ。おかしな奴を見かけたのは、北川町のことなんだ」

「俺も見た」

と、笑兵衛がぼそりと言った。

「一昨日の夜廻りのとき、提燈《ちょうちん》の火が消えちまってね。懐《ふところ》に手を突っ込んで火打袋《ひうちぶくろ》を探していたら、提燈の明かりが見えたのさ」

「提燈の明かりで家ん中を見ていたのかえ」

笑兵衛は首をかしげた。

「見ていたというより、人が出てくるのを待っていたような気がするな」

「いずれにしても」

弥太右衛門は、しばらくためらってから団子をもう一本手に取った。

「祖父《じい》さんや親の代からこのあたりに住んでいる者を探しにきたのじゃあないね。祖父さんや親の代から住んでいりゃあ、たいがいの知り合いは、誰それは北川町のどこに住んでいるとわかっている筈《はず》だから」

「うむ」

「笑さんの見たのは、どんな奴だった」

「どんな奴って、闇夜に見かけただけだからな」

「ほっそりと背が高くって、いい男にはちがいないのだが、茹《ゆ》でた卵に目鼻を描いたような、のっぺりとした男じゃなかったかえ」

「だからさ。闇夜だったから、よくわからねえ」

「俺は、あの手跡指南所の先生んとこが、のぞかれていたような気がするんだよ」

団子を持っていた手が震えたような気がした。弥太右衛門の勘は当っているにちがいないと思った。

五年前、雄之介と萩江は、突然、稲荷新道から姿を消した。稽古場へ通ってくる子供の数が激減したのは萩江が原因であり、言訳のできることではないと雄之介が考えたからだろう。

　雄之介は子供達の親に、迷惑をかけたと詫びてまわりたかった筈だとお才は思う。近所に挨拶もせず、人目につかぬよう真夜中に家を出たらしいのは、誰にも会いたくないという萩江の願いをきいてやったにちがいない。

　お才も迂闊《うかつ》ではあった。その数日前、雄之介に呼び出され、人気のない路地の奥で、

「萩江のことだが」

ときりだされたのである。

　が、雄之介はそれきり何も言わなかったし、お才も口を閉じたままでいた。

　雄之介さんが追いつめられていたというのにと、今でもお才は後悔する。あれからの二人の間がどんなものだったのか、お才は知る由もないが、お才が「萩江さんの噂なんて」と笑いとばしていたならば、雄之介は束《つか》の間《ま》胸を撫《な》でおろし、わずかな間でも萩江への疑いを胸の奥に押し込めることができたのではあるまいか。

「あ、お才さん。もう一杯、お茶を差し上げましょうね」

　お捨に言われて、お才は、持っている茶碗が空《から》になっていることに気づいた。いつ団子を取り皿へ戻し、いつ茶碗を持って茶を飲んだのか、まるで覚えていなかった。

五年前のちょうど今頃だった。人目を避けて入って行った路地の奥に、桃の木が植えられていたのを覚えている。濃い桃色の花が今を盛りと咲いていて、路地に桃の香りがこもっていたものだ。

あの時、雄之介はお才を呼び出して、何をどうするつもりだったのだろう。

お才は口を閉ざしたままだったことを後悔しているが、仮に萩江の噂を笑いとばしたとしても、雄之介がほっとするのはお才と顔を合わせている間だけだったにちがいなく、家へ戻って萩江の姿を見れば、また疑いの雲がひろがった筈なのだ。

といって、雄之介がお才に噂の真偽を確かめたかったのだとは思えない。あの頃、あの界隈《かいわい》で雄之介が妻のことについて尋ねられるのは、お才一人だったとは思うが、雄之介には、お才が問いに答えてはくれないとわかっていたような気がするのだ。

雄之介の妻萩江と、小間物売りの万次《まんじ》との噂は、あの頃にひろまったものではなかった。お才も、雄之介の留守に稽古場へ上がって行く万次の姿を見たことがあるし、妙にねっとりとした軀つきになって裏口から出てきたのを見たこともある。

小間物売りは、高価な品を持っていない。亭主の茂吉ですら萩江の髪を飾っていた櫛《くし》を見て、「あんな安物でもいいのかねえ」と苦笑していたものだった。角《かど》の惣菜屋の女房が、「飾り櫛が割れちまったんで、万次を呼んだそうだよ」と話していたというのである。

「もっともあのお人は、雄之介さんが聟に入りなさるときまってから、稽古場の唐紙《からかみ》を張り替えにきた経師職人《きょうじしょくにん》と噂をたてるようなお人柄だから」

何も知らぬ雄之介が気の毒だと思っているうちに、お才が惣菜屋の女房から呼びとめられた。

「気をおつけ」

と、惣菜屋の女房は言った。

「萩江さんがね、お前さんにありもしない噂をたてられて困っていると言ったんだとさ」

雄之介も、どこからか噂を耳にしたのだろう。萩江を問いつめるようなことがあったらしい。萩江は、お才がたてた噂だと答えたのだそうだ。

「そんな、まさか」

「だから、気をおつけと言ってるんだよ。わたしに言ったのはそれだけだけど、おくめさんには、雄之介さんがお才さん贔屓《びいき》で、わたしの話を信じてくれないと泣いてみせたようだよ」

お才は絶句した。雄之介が萩江の夫となり、お才が茂吉の女房となって以来、親しく話したことはない。お互いの住まいがある稲荷新道で顔を合わせた時は無論のこと、当時、お才の父親が住んでいた芝《しば》でたまたま出会った時も、火事でお才は亭主の茂吉とはぐれ、雄之介は萩江とはぐれて、互いに連れ合いを探していた時も、肩をならべて歩くようなことはなかった。

だが、それでも萩江の言葉に騙《だま》される人がいた。「よけいなことを言うのは、およしよ。わたしも萩江さんと万次はあやしいと思うけれど、雄之介さんと一緒になってからは、そういう噂がなかったんだからさ」と、お才に忠告する者もあらわれたのである。

お才は、それまで以上に雄之介と顔を合わせぬようにつとめた。雄之介もお才を避けているようだった。そんな中で突然姿を消したのであり、姿を消す数日前に桃の木の路地へ呼び出されたのだ。どうしても尋ねたいこと、いや、言いたいことがあったのではないか。

「萩江のことだが」

雄之介はそこで口をつぐみ、お才は、そのあとに「噂はほんとうか」とつづくものとばかり思っていたが、別の言葉がつづいてもおかしくはない。

「萩江のことだが、離縁しようと考えている」

まさか。

お才は、自分で考え出した言葉に息苦しくなった。まさかとは思うが、決してないとも言えないのである。

そういえばと思った。あの時、雄之介はすぐ目の前に立っていた。雄之介の少し荒い呼吸が聞えるような気がしていた。

足音が聞えて、雄之介の手がお才の手を引いた。桃の木の陰に隠れたのだった。抱きすくめられるのだと思った。お才の頭の中のお才は、すでに雄之介の腕の中にいて、うっとりと目を閉じていた。

が、雄之介の手は、お才の手を握りしめることもなく離れ、一時はお才の髪に触れそうだった雄之介の顔も、髪に埋《うず》められることはなかった。

「お才さん」

あの路地での雄之介の二言めがそれで、三言めも短かった。

「落としものだ」

差し出されたのは、見覚えのある根付《ねつ》けだった。蛙を面白く組み合わせたもので、お才のものではなかった。

が、雄之介はかぶりを振った。

「お才さんのだよ。なくさないでくれ」

雄之介はお才の手を取って根付けを握らせると、ふりかえりもせずに路地を出て行った。

あの時、雄之介は、萩江を連れて稲荷新道を出て行く決心をしたのではないだろうか。

お才は、先刻、行李《こうり》の隅から出してきたものを見た。雄之介が実父からゆずりうけたにちがいなく、蛙の根付けは古びた鈍い光を放っていた。


おもちゃの内職の荷物は、小僧が店に届けてくれることになった。家を出たお才の足は、ひとりでに動き出した。中島町の木戸番小屋へ行くところだと自分で自分に言訳をしたが、北川町へ行くつもりなのはわかっていた。

が、足は、さすがに福島橋のたもとでとまった。

仙台堀の枝川にかかるこの橋を渡れば、中島町と北川町の間の道、というより、そのまま真っ直ぐに歩いて行けば富岡八幡宮《とみがおかはちまんぐう》の一の鳥居がある賑《にぎ》やかな大通りへ出る。八幡宮へ参詣に行く途中じゃないの。

お才は自分にそう言った。

北川町を一まわりして、八幡宮に参詣して、それから木戸番小屋へ行けばいい。雄之介の家には指南所の看板がかけられている筈で、一まわりすれば、どこに住んでいるかわかるにちがいなかった。

お住まいを見つけても、素通りをするほかはないのだけれど。

それにしても、神仏は意地のわるいはからいをするものだった。はじめて出会った時のお才と雄之介は、独り身だったのである。

雄之介は、父に用事を頼まれたと言っていた。今思えば、雄之介の父もお才の父と同じように、口実をもうけて所帯をもつ相手と会わせるようにしたのだろう。雄之介は、道案内をしてくれたお才に礼を言うと、手跡指南所の看板のある家の前に立ったのだった。

お才も、茂吉の家の前で案内を乞《こ》うた。お才の父との約束だったのだろうが、すぐに茂吉の返事があって、建具職人なのにどうして昼間っから家にいるんだろうと、不思議に思ったことを覚えている。

家に戻ってから、「どうだった」とこっそり母に尋ねられたが、その時の茂吉の印象は、「昼間っから家にいるおかしな職人」というほかに何もない。そんな男が「お父《とっ》つぁんの選びなすったお前のご亭主」だと言われても、胸のときめくわけがなかった。

母は、「わたしなんか、顔を見たこともない人と所帯をもったんですからね」と言っていた。顔を見たこともない人と暮らすのが恐しく、家を飛び出して、一晩を友達の家で明かしたという。その話を聞いていた父が、お才を茂吉の家へ使いに出したらしいのだが、一度顔を見たくらいで、嫁《とつ》ぎたくない気持の変わるわけがなかった。

嫁いで、子供を二人生んで、母は芝の家に根をおろしたように悠々と暮らしていた。母は、お才も嫁げばそうなると、お才の憂鬱《ゆううつ》など気にもしていないようすだった。

雄之介にふたたび出会ったのは、気晴らしに飯倉神明宮《いいくらしんめいぐう》へ参詣に行った時だった。雄之介は、人混みのうしろから「お才さん、お才さん」と声を張り上げて近づいてきた。

「また会えてよかった。わたしを覚えていなさるかえ」

「ええ、三根雄之介様」

「その通りだが、今日のお才さんは、この間とは別人のような顔をしている」

「別人だなんて。うかない気持になることはあるんですけど」

「うかないことがあるとは、わたしと同じだな」

笑うような話ではない筈なのに、おオは口許《くちもと》をおおって笑いころげた。十五歳は子供と娘のわかれめだというが、子供の気持の抜けない娘だったと思う。

「雄之介様に、うかないことがあるだなんて」

「あるさ。それと、雄之介様はやめてもらいたい。雄さんか、雄之介さんでいい」

雄さんだなんてとおオは笑いつづけ、雄之介はおオが笑いやむのを待って、ぼそりと言った。

「わたしは、手跡指南所の聟養子になる」

「稲荷新道の」

「そうだ。気が重くてならぬ」

雄之介は苦笑いをした。

「俗に小糠《こぬか》三合あれば聟にゆくなというし」

「あら。わたしなんか、五合くらいも小糠があるのに、お嫁にゆけって言われてるんです。もっとも五合の小糠は、父が働いてわたしにくれたお小遣いのことですけど」

雄之介が笑いころげる番だった。笑いがとまらなくなって、目ににじんできた涙を手の甲で拭っていたような記憶がある。

「わたし、そんなにおかしいことを言いました？」

「いや。が、誰のお嫁さんになるんだえ」

「茂吉さん。稲荷新道の」

「へええ。今度はご近所になるのか」

雄之介は、お才も自分と同じように縁談がきまってしまったのだと思っていたのかもしれない。が、あの時はきまっていなかった。お才が、いやだと言いつづけていたのである。

その日は、もう一度飯倉神明宮で雄之介に会った。財布につけていた根付けの紐が切れ、落としたことに気づき、境内《けいだい》まで探しに戻ったのである。根付けを拾った雄之介は、お才は必ず戻ってくるだろうと広い境内を歩きまわっていたらしい。

「せっかちだねえ」

と、雄之介は笑った。

「それでは——と言ったとたんに背を向けて、歩き出しちまうんだもの」

祖父の形見《かたみ》だった。祖父が煙草入《たばこい》れにつけていたのを、幼いお才が欲しがったらしい。無口な祖父は、いつのまにか根付けの紐を赤い色に替えていて、「新しいのはお父つぁんに買ってもらいな」と言って渡してくれた。根付けの細工は、金銀二匹の蛙が向き合っているものだった。祖父は、それを渡してくれた二月後《ふたつきご》にあの世へ旅立った。

「お才さんとは何か縁があるのかな。金が返るというので、根付けに蛙の細工はめずらしくないが」

そう言って見せてくれたのが、桃の木の路地で渡してくれた根付けだった。

「わたしは、父からもらったよ」

やはり金と銀で彫られていたが、紐にのぼってゆきそうな細工が面白かった。

「父も、祖父からもらったそうだ。祖父は曽祖父からもらったというから、三根家がまだ仕官していた頃に誰かがつくったのだろうね」

家へ戻ったお才は、稲荷新道へ嫁いでもよいと言った。父は、「まったくもう世話がやける」と言いながら、それでも機嫌よく家を出て行った。あまり返事を待たせてもと、遠まわしに断ったようなのだが、一目でお才を気に入ったらしい茂吉に、お才の気持は決して変わらないのだろうかと説得を頼まれていたのだった。

あの時、なぜ神様も仏様も娘らしい心を一雫《ひとしずく》ほどたらしてくれなかったのだろうと思う。一雫、ほんとに一雫でよかったのだ。お才が娘らしい心になっていれば、茂吉の女房になってもいいなど、ばかなことは言わなかった。すぐ近くに雄之介がいるのはどれほどつらいことか、お才ばかりではなく、茂吉にとってもつらく、情けないことだとわかった筈なのである。

が、お才は、稲荷新道へ行けば雄之介さんとご近所づきあいができるとしか考えなかった。十六となった春に、ご近所に知り合いのいるところへ行くのだからと自分をはげましながら嫁いでゆき、茂吉の女房となってはじめて、「ご近所の人」以上に雄之介へ近づけないことに気づいた。

しかも、その年に大師匠である萩江の父が他界した。それでも稽古場に通う子供達の数はへることがないどころかふえていって、「宇田さんも、いい時にいいお聟さんを迎えなすった」と、雄之介の評判は上々だった。

苦しかった。苦しくても、離縁してくれとは言えなかった。嫁ぐと言って、父や茂吉を喜ばせたのはお才なのである。

雄之介への思いを押し殺し、また押し殺して、お才は茂吉に尽くした。尽くしても、家の外へ出て行けば、子供達を見送っている雄之介と顔を合わせることもある。

救いは小吉が生れたことだった。短命な子は、その間に親孝行をしようと知らず知らずのうちに思うのか、よちよち歩きの頃からお才の肩を揉《も》むしぐさをする子だった。けなげで可愛くて、小吉の世話をしている時だけは、雄之介への思いが消えているような気がした。

「萩江のことだが」と桃の木の路地で雄之介がきりだした時、小吉は可愛い盛りだった。仮に雄之介のその言葉のあとに、「離縁を考えている」とつづき、さらに「ついてきてくれるか」と言われたとしても、小吉を実の父親である茂吉から引き離すことはできなかった。といって、小吉を茂吉のもとへ置いてゆくなど、なおできないことだった。

出会った時は、縁談《はなし》もきまっていなかったのに。

なぜ神仏は、その時にお互いの気持を燃え上がらせてくれなかったのだろう。

茂吉は、小吉が生れてから酒を飲むようになった。飲むだけではない。難癖をつけてはお才を殴る。お才は、自分が小吉ばかりかまっているからだと思っていたが、ことによると、茂吉はお才の胸の底に蓋《ふた》をしてしまわれているものに気づいてしまったのかもしれない。

茂吉と別れたのは、小吉を亡くした翌年のことだった。一からやりなおしたいと、茂吉の方から言い出したのである。酔っては暴れ、暴れては飲んで、酒のにおいをさせたまま仕事場へ行って、失敗をしたようだった。

茂吉が暴れるのは自分のせいだからと、辛抱をするつもりだったお才も、茂吉を心配している女がいると聞いて別れることにした。お才も何もかも忘れて、一からやりなおすつもりだった。

なのに雄之介に会ってしまったのである。しかも、ごく近いところに住んでいるという。

「おや、誰かと思ったら、お才さんじゃねえか」

聞き覚えのある声に、驚いてふりかえった。小間物売りの万次が、荷物も持たず、片方の腕を懐に入れて薄い笑いを浮かべていた。


お才は、万次から櫛も簪《かんざし》も買ったことはない。が、万次は毎日のように稲荷新道へきて、時には大工の女房や惣菜屋の女房などと世間話をしていった。お才も顔を合わせれば、暖かくなったの涼しくなったのという挨拶くらいはするようになっていた。

お才はその万次の腕をとり、福島橋を渡って富吉町側《とみよしちょうがわ》へ戻った。すぐ近くに正源寺《しょうげんじ》があり、この時刻になれば、境内で遊んでいる子供もいない筈であった。お才は、万次を門の中へ押し込んだ。

「何をするんだよ」

「このあたりは万次さんが商売をするところじゃないでしょう」

「ああ、その通りだ」

「だったら近寄らないでおくんなさいな」

「萩江がいるからかえ」

お才は、しばらく考えてからうなずいた。

「手跡指南所のご夫婦は、万次さんとの噂で稲荷新道にいられなくなったんですよ。もう迷惑をかけないであげておくんなさいな」

「ひでえ言われようだな。疫病神《やくびょうがみ》のようだ」

万次は、不精髭ののびているあごを撫でた。

「俺を稽古場へ呼び入れたのは、萩江の方なんだぜ」

お才は口を閉じた。

「櫛を売ってくれと言われりゃあ商売だもの、稽古場の中にだって入って行くわな。萩江様は、俺の持っているものの中じゃ一番値のはるのをお求め遊ばされたが、半値にしてくれと仰《おお》せ遊ばされるし、あとの半値はとにんまりお笑い遊ばされるしでさ。それがはじまりだったんだよ」

万次は、もう一度あごを撫でた。

「それだけじゃねえ。俺あ、あの女に、一両たあ言わねえが、それに近え《ちけ》金を貸しているんだぜ。なのに何の挨拶もせず、引っ越して行っちまいやがった」

「だって、万次さんとの噂が立って、稲荷新道にはいたくてもいられなくなっちまったんですから」

「ふざけるな」

万次は足許に唾《つば》を吐《は》いた。小間物の荷を背負っていた愛想のよい万次とは、顔つきまでちがったようだった。

「俺あ、萩江に呼び込まれたんだぜ。櫛はただにされるわ、金は巻き上げられるわで、俺あ、ろくな仕入れができなくなって、このざまだ。商売ができなくなっちまったんだよ。萩江の居所を探して、多少の金をいただきてえと思うのは当《あた》り前《めえ》だろうが」

万次は、寺の外へ出て行こうとした。こわかったが、お才は夢中でその腕にすがりついた。

「待って。もう萩江さんのところへ行くのはやめて」

「へええ」

万次は、不思議そうにお才を眺めた。

「お前《めえ》さんが、何だって萩江をかばうんだ。ずいぶんと奇特なお方だな」

「萩江さんは、逃げるように越して行かれたんですよ。お金を返さなかったかもしれないけど、お父様の代から住んでいなすった稲荷新道を離れなすったんだもの、ずいぶん、おつらかったにちがいない。もうそれで充分じゃありませんか。この上また、どこかへ引っ越すようなことになれば、また子供衆を集めるところからはじめなくってはならないんです」

「わかったぜ」

万次は、薄い笑いを浮かべてうなずいた。

「お前《めえ》、亭主の雄之介にほの字だな」

心の臓をつかまれたような気がした。声は出なかったが、お才は懸命にかぶりを振った。が、お才の手を振りはらった万次が、逆にお才の腕をつかんだ。

「隠すなよ。萩江が亭主の悪口を言う筈だ。亭主の目の前にこんな可愛い女がいたんだものな」

「やめておくんなさいな」

万次の手を振りほどこうとしたが、万次の手は、あとで痣《あざ》になるのではないかと思うほど、つよくお才の腕をつかんでいた。お才が出会ったことのない、悪党の顔だった。

「いいよ。萩江につきまとうのは、やめてやろうじゃねえか」

「わたしにお金を払えと言いなさるんですね」

「当《あた》り前《めえ》だ。小間物売りという商売をなくして、ただで引っ込めるわけがねえ」

「わかりました。一両のお金は何とかして払いますから、この手を離しておくんなさい」

「一両だと」

万次は、力まかせにお才を引き寄せた。

「ばかを言うな。利息がついてらあ」

「どれくらい」

「どれくらい、ときたか。ま、少なくっても六両は出してもれえてえな」

「そんなばかな。萩江さんが借りなすったのは、たった一両じゃありませんか」

「五年間だぜ、五年間。五年の間、一文の利息も払わずに、すずしい顔をして子供にいろはを教えていやがったんだ。高利の金を十両借りりゃ、半年後に返すとしても、利子を天引きされて四両と少しになっちまうこともある。お前《めえ》は知らねえかもしれねえが、半年でざっと半分が利息になるんだよ」

二分《にぶ》が半年分の利息として、手数料も証文の書き換え料もなしにしても五年で二十分、すなわち五両、貸した一両をたして六両で、これなら安いものだと万次は言った。

「でも、六両なんてお金」

「ねえというのなら、半分は、萩江と同じようにして返してくれてもいいんだぜ」

「同じようにするって」

「わかってるだろうが」

万次の手が、強くお才の腕を引いた。抵抗したつもりだったが、お才は万次の腕の中にいた。

「言っておくが、俺あ、萩江に借金を返してもらうつもりだったんだぜ。その俺をこんなところに引っ張ってきて、萩江につきまとってくれるな、借金はわたしが返すと言ったのは手前《てめえ》の方だ」

「でも」

「今更《いまさら》いやたあ言わせねえ。俺あ、萩江の借金はお前《めえ》に返してもらうことにした」

お才は、万次の腕の中でもがいた。が、万次の力は思いのほかに強く、顔をそむけた衿首《えりくび》を万次の唇が這《は》った。

「いやだってんなら、いやでもいいぜ。萩江が会ってくれるまで、手跡指南所のまわりをうろつくだけだ」

「だから、それは」

「雄之介が気の毒だってえのか。おかしな噂がたって、深川にもいられなくなったところで手前《てめえ》の女房のせい、言ってみりゃ自業自得ってものだ。食えなくなったら、夫婦心中《めおとしんじゆう》でもすりゃあいい」

雄之介の姿が目の前を通り過ぎて行った。四代にわたる浪人者だと自嘲《じちよう》していたが、雄之介の祖父も父も、そして雄之介自身も、叶わぬとわかっている三根家の再興を夢見ていたにちがいない。

雄之介の父は、その夢を諦めた。諦めねば暮らしてゆけぬと悟ったにちがいない。それならば、せめて息子には楽な暮らしをさせようと、稽古場に子供達の多い宇田家へ聟養子に入らせることをきめる。そこで妻が不祥事を起こした。

雄之介は、夜逃げにひとしい引越を選ぶ。もしかすると、自分の胸の奥にあるものに萩江が気づいてしまったための出来事だ、わるいのは自分だと、自分を責めての選択だったのかもしれない。

が、また万次が萩江にまとわりつけば、雄之介も堪忍袋の緒を切るだろう。三根家再興を夢見る祖父や父に育てられた雄之介には、磊落《らいらく》な物腰のどこかに武士の誇りがしみついているにちがいなく、萩江を斬り、自身は切腹という厳しい道を選ぶ筈であった。

「万次さん」

と、お才は衿首に唇を這わせたままで言った。

「わたしが万次さんと出合茶屋へ出かけたら、ほんとうに萩江さんにつきまとうのはやめてくれるんですね」

「あとは三両だ」

「三両は何とかします。わたしが一度、一度だけ出合茶屋へ行けば、萩江さんとは縁を切ってくれるんですね」

「ああ」

「間違いないんですね。証文を書けと言ったら、書いておくんなさるんですね」

「書くよ。書きゃいいんだろう」

「だったら、これからわたしのうちへ行きましょう。証文を書いてもらって、それから上野へ行きます」

「これはまた、気が早《はえ》えな」

お才は、自分の躯にからみついている万次の腕をはらい落とした。万次もさからわずに腕を離して、片方を懐へ入れた。早足で歩き出したお才のあとを、薄笑いを浮かべながらついてくる。

雄之介さえ無事ならば、それでいいではないか。自分は子供を亡くし、亭主とも別れてしまった女だ。どうにでもなれとは思わないが、江戸の片隅でひっそりと生きてゆけるだろう。

俯《うつむ》いている目に、黒足袋《くろたび》に草履《ぞうり》をはいた足が映った。顔を上げると、木戸番の笑兵衛が立っていた。

「すまねえが、お終《しめ》えの方だけ、話を聞かせてもらったよ」

そう言いながら笑兵衛は、お才と万次の間に入ってきた。

「夜廻りで見かけた男をお前《めえ》さんが引っ張って行くのを見たんだよ。はじめはお前《めえ》さんのいい人だったのかと思ったが。どうも気になってね。きてみたのさ」

中島町の木戸番は武家の出かもしれないという噂は、万次も耳にしていたのだろう。舌打ちをして、お才の脇をすりぬけて行こうとした。

「ちょっと待った」

万次がしぶしぶ足をとめた。

「金は、萩江さんから返してもらうんだな。ただし、六両の利息は、ご定法《じょうほう》からはずれているぜ」

「うるせえや、爺《じじ》い」

「もうこのあたりへこねえというのなら、教えてやる」

「何をだよ」

「どんなわるさをしたのか知らねえが、定町廻《じょうまちまわ》り同心《どうしん》の神尾《かみお》様が、小間物売りの万次って男を探していたよ。何でもごく近頃、捕り逃がしたことがあるので、万次の顔はよく覚えていなさるんだとさ」

一瞬、万次の足がとまったが、精いっぱいの虚勢をはったのだろう、唾を吐き、肩をすくめて歩いて行った。

張りつめていた気持が一時にゆるんだ。その場に蹲《うずくま》ってしまいそうだった。頭の中もぼうとかすんでいたが、笑兵衛の声はよく聞えた。

「お前さんもまあ、思いきったことをしなさるねえ」

「すみません」

呟《つぶや》いたのはお才、自分の声らしい。

「あやまることたあねえわさ」

笑兵衛の手がお才の肩に置かれた。暖かくて、大きな手であった。

「話は途中から聞いたが、それでも涙が出そうになった」

臙脂《えんじ》色《いろ》の鼻緒の下駄をはいている足に、大粒の雫が落ちた。泣くまいとこらえていたのだが、涙は勝手にこぼれ落ちてしまったようだった。

「あとでお捨が話すと思うが」

笑兵衛の手は肩に置かれたままだった。その暖かさが軀の中にしみとおってきて、たった今あった出来事の記憶を、とかして消してくれそうだった。

「宇田さんは離縁なさるそうだ。もっとも、離縁してくれと、萩江さんの方が言い出しなすったそうだがね。黙っていりゃいいものを、弥太さんが、男がうろついていたことを萩江さんに喋《しゃべ》っちまったんだ」

お才は返事ができなかった。涙は次から次へとしたたり落ちているのに、口の中にもたまってしまったような気がした。

「宇田さんも引っ越すとさ。それでいいんだろう?」

お才は、袖《そで》で顔をおおってうなずいた。

「縁がありゃ、また会えるさ」

帰ろと、笑兵衛は言った。暖かくて大きな手が、お才の背中を押す。正源寺の外へ出ると川音が聞え、深川はまもなく六つの鐘が鳴る日暮れだった。

第四話　下り闇

北川町から黒江《くろえ》川沿《がわぞ》いを中島町《なかじまちょう》へ向かって歩いて行って、澪《みおど》通《お》りとか浜通りとか呼ばれている道に突き当る前に、いろは長屋はあった筈《はず》だった。

差配《さはい》の家は、確か長屋の木戸の左側にあった。差配は弥太右衛門《やたえもん》という男だったが、好人物であるかわり、家を留守にしていることが多かった。

遊びに出かけているのではない。いや、遊びに出かけていると言った方がよいかもしれない。当番でもないのに自身番屋《じしんばんや》に行って将棋をさしているのである。本来は家主の役目で、たいていは差配に押しつけられている番屋の当番を、これほど嬉々としてつとめている男もめずらしいと、当時のおときは思っていたものだ。

さて今日は、弥太右衛門がいるかどうか。弥太右衛門がいても、空家があるかどうか。

深川の隅っこなど、おときは行きどころを見失った者が吹き寄せられてゆく掃《は》きだめだと思っているのだが、中島町の木戸番《きどばん》で、弥太右衛門の将棋の相手でもある笑兵衛《しょうべえ》と、その女房のお捨《すて》のやさしさが評判になり、界隈《かいわい》に住みつく者がふえているらしい。

「わたしは、ちがうけどね」

誰に尋《たず》ねられたわけでもないのに、おときは大声で言って、足許《あしもと》の小石を蹴った。

「わたしゃ、こんなとこにきたくなかったんだよ。掃きだめに吹き寄せられてきた奴《やつ》等《ら》と、慰《なぐさ》めあいっこなんざ、したくないんだよ」

だが、吹き寄せられてきた。昨日まで住んでいた橘町《たちばなちょう》の仕舞屋《しもたや》を、多少はためていた金と着替えをくるんだ風呂敷包み一つで飛び出してきたのである。明日からの仕事が見つけられるところといえば、深川中島町しかない。中島町澪通りのはずれにある木戸番小屋の夫婦、お捨と笑兵衛に教えられたといえば、たいていの商人は仕事をくれるのだ。

「内職もくれず、働かせてもくれぬとなりゃ、大島川の向こうへ行けばいいだけだしね」

おときは、そう言いながら差配の家の格子戸《こうしど》に手をかけた。中島町の南側を流れる大島川の向こうは越中島町《えっちゅうじまちょう》で、新地《しんち》と呼ばれる岡場所がある。

「ごめんなさいませ。差配さんはおいででございますかえ」

男の声がした。弥太右衛門だった。今日は当番ではなく、将棋をさしにも行かなかったらしい。

弥太右衛門は、三年前とまったく風貌が変わっていなかった。笑うと目尻に皺《しわ》が寄るようになった二十四歳の自分を考えて、羨《うらや》ましいと思ったが、それだけおときの方が苦労をしているのかもしれなかった。

そりゃそうさ、真っ昼間から将棋をさしてるような商売をして、お給金をもらってるんだもの。それに第一、三年前から爺《じじ》むさかったし。

胸のうちで悪態をつきながら、おときは弥太右衛門に微笑《ほほえ》みかけた。

「覚えておいでですか。一度お世話になった、ときと申しますけど」

忘れているだろうと思ったが、意外なことに「覚えているともさ」という答えが返ってきた。

「橘町へ引っ越して行きなすったおときさんだろう？　どうした、赤ん坊が生まれたとでもいう、嬉《うれ》しい知らせを持ってきてくれたのかえ」

そんなわけがないだろう、あの時、所帯をもとうと言った伊三《いさ》には女房がいて、そのあとの直吉《なおきち》は若い女にのぼせ上がっちまったんだから。それにしても、どうしてこう中島町には、物事をよい方にしか考えない奴がそろっているんだろう。世の中にゃ、不幸せな女だっているんだよ。

そう言ったのは胸のうちで、おときは、少しだけ淋《さび》しそうな顔をしてみせた。

「はずれ。わたし、また男に振られちまったんですよ」

「え？　それはまた何で」

「何でって、わたしを気に入ってもらえなかったんでしょう、きっと」

「何で気に入らないのかねえ、こんなにきれいなのに」

そろそろ弥太右衛門と話しているのが鬱陶《うっとう》しくなってきた。おときは、弥太右衛門を黙らせる言葉を口にした。

「わたしは、差配さんでもいいんですけど」

案の定、そういう冗談に馴れていないらしい弥太右衛門は口を閉じた。

「で、また中島町へ舞い戻ってきたんですけど、空《あ》いているところ、ありますかえ」

すまないねえ、今、空家はないんだよと、弥太右衛門が答えた場合の準備をする。

そうですか、せっかく住んでやろうと思ったのに。

が、多分そうは言わないだろう。空家がないと弥太右衛門が答えたなら、中島町に流れついた人達が皆不安そうな顔で言ったように、おときも、「それじゃ近くに空家はありませんかえ」と言うにちがいなかった。

「あるよ」

弥太右衛門は、意外な返事をした。

「一番奥のごみ溜めに近いところでよけりゃ、三日前に空いたよ」

「あら、わたし、運がいいのかしら」

一番奥はいやだったが、ほかの長屋を探すよりいいだろうと思った。三年前まで住んでいたいろは長屋なら、先方は親しくつきあっていたなどと思っていないかもしれないが、知り合いはいるし、第一、これからまた住まいを探すのも面倒だ。

運がよかったと嬉しそうな顔をしてみせると、弥太右衛門も嬉しそうに笑った。

「おときさんと同じ年格好の人が住んでいなすったんだよ。が、お嫁にゆくというんでね、引っ越して行きなすった」

「この年齢《とし》でお嫁にねえ」

世の中には物好きもいるものだという意味をこめたのだが、弥太右衛門には通じない。

「後添《のちぞ》いだそうだけどね。でも、相手はまだ三十一だよ。深川の佐賀町で、お祖父《じい》さんの代から小売りの米屋をやっている。おまけに、背の高い、なかなかの男振りだよ」

「へええ」

「二十一の時にもらったおかみさんが、翌《あく》る年《とし》に亡くなっちまってね。商売も繁昌《はんじょう》しているから、独りじゃあ不自由なこともあったんだろうさ」

「そりゃそうでしょうとも」

「で、十年もまとまらなかった話が、急にまとまっちまうんだから、男と女ってのは縁だねえ」

「ほんと」

わたしにゃ縁ってものがないのかしら。

「そのあとの家だからね。引越をしたあとの家に入ると引越をするというらしいし、おときさんもいい人を見つけて、また引っ越すようになるかもしれないよ」

「むりですよ。第一、男は懲《こ》り懲《ご》り」

と言ったものの、なぜ米屋の男、それも三十一などという若い男が見初《みそ》めてくれるような幸運が他の女にいってしまうのだろうと、胸を針で刺されたように妬《ねた》ましかった。

「それじゃ、奥の家は空けておくよ。いつ引っ越してきなさるかえ」

「今」

「え」

呆気《あっけ》にとられている弥太右衛門をそのままにして、おときは木戸の中へ入った。軒下から向かいの家の軒下へ竿《さお》を渡して洗濯物を干しているのも、盥《たらい》や高箒《たかぼうき》が羽目板にたてかけられているのも、どぶ板がこわれているのも三年前と同じだった。風を通すためだろう、奥の家は開け放しで、当り前のことだが誰もいなかった。

「また、誰もいない家に住むんだ」

あいかわらず気が早いね、おときさんは。

弥太右衛門が、ほとんど使うことのない錠《じょう》を持って駆けてきた。

「そんなわけでね、あのおときさんが戻ってきたよ」

と、弥太右衛門が言った。昼下がりで、出入口だけが切り取られたように明るい中島町木戸番小屋で、夜廻りが仕事の木戸番、笑兵衛は、寝床から出て顔を洗ってきたばかりだった。

「あいかわらず、きれいだったが、あいかわらず根性もわるそうだったな」

「そんなことを」

木戸番女房のお捨は、軽く弥太右衛門を睨《にら》んでから茶をいれた。笑兵衛も、干物《ひもの》と香《こう》のものと味噌汁の、笑兵衛にとっては朝食をとる前に、しぶくて熱い茶をすすっている。

「どうやら、夫婦別れをしたようだよ。昨日、風呂敷包み一つで俺んところへきたから、いつ引っ越してくると聞いたら、そのまんま住んじまった」

「まさか。いくら何もなくっても平気と言いなすっても、すぐにお布団《ふとん》が入り用《いよう》でしょうし、目が覚めた時にお釜とお茶碗とお箸《はし》くらいなくっては、どうにもならないでしょうに」

お捨は、底に穴があいたので軒下に出してある鍋を思い出した。

鋳掛屋《いかけや》がきた時に修理を頼もうと思っていたのだが、いつも三日おきにまわってきて、午後は木戸番小屋の脇に陣取って仕事をしている鋳掛屋が、一昨日にかぎって早仕舞いをしたらしい。お捨が弥太右衛門の女房と、深川八幡宮へお参りに行って、ついでにお汁粉《しるこ》を食べてきた留守のことだった。非番の弥太右衛門が遊びにきて、「留守は笑さんより俺にまかせな」と胸を叩《たた》いたのだが、将棋盤が持ち出されては、鍋の修理のことなど忘れてしまうのも当然だった。

「穴のあいているものを差し上げるわけにもゆかないし。お鍋より、昨夜はどうやって眠りなすったのでしょうね」

弥太右衛門は首をすくめた。

「風呂敷包みを枕に眠ったのだろうよ。うちの婆さんが心配して、継布《つぎ》のあたった煎《せん》餅布団《べいぶとん》だが、ないよりましだろうと持って行ってやったのさ」

「よかった。おときさん、ほっとしなすったでしょうね」

「大違いのこんこんちきさ。お捨さん、考えてやってくんなよ。うちの痩《や》せこけた婆さんが、えっちらおっちら敷布団をはこんで行ったんだぜ。有難うの一言くらい、あってもよさそうなものじゃないか。それを、かまわないでおくんなさいと、腹を立てたように断ったたってんだから」

笑兵衛が、黙って茶碗を出した。ご飯が一口残っている。もう一杯食べるという合図だった。

「それでも、婆さんは性懲《しょうこ》りもなく、今朝はにぎりめしを持って行ってやったよ。奴さん、もじゃもじゃになった髪を手で撫《な》でつけていたそうだが、婆さんを見るなり、わたしゃ物乞《ものご》いじゃない、手前《てめえ》の食うものは手前《てめえ》で何とかすると吐《ぬ》かしやがったんだとさ。婆さん、かんかんになって戻ってきたよ」

ひどい人という言葉を期待していたのかもしれない。弥太右衛門は、そこで言葉を切って、お捨と笑兵衛を見た。

笑兵衛は、味噌汁をすすっている。もともと無口な男ではあるし、黙って弥太右衛門の話を聞いているだろうと思っていたが、笑兵衛は味噌汁の椀を箱膳の上に置くと、「おときさんは、ひどい目に遭《あ》ってきたのかもしれねえな」と言った。お捨も同感だった。

「それでまだ、腹が立っているんだよ」

「で、うちの婆さんに八つ当りをしてるのかえ。だったら、婆さんが可哀そうだぜ」

笑兵衛が香のものを口に放り込んだので、お捨がかわって返事をした。

「腹が立っていたのも、昨日だけかもしれませんよ。今夜あたり、あやまりにきなさるんじゃないかしら」

「お捨さんにそう言われると、そんな気がしてきたよ」

弥太右衛門は苦笑いをして、膳の上の香のものを指先でつまんだ。

「あら、そんなものでよろしければ、樽から出してきますよ」

「なに、笑さんがあまりうまそうに食べているので、ちょいと意地汚い真似《まね》をしてみただけさ。さて、帰るとするか」

弥太右衛門は、懐《ふところ》の手拭《てぬぐ》いで香のものをつまんだ指を拭《ふ》いた。いつもならこのあとは将棋盤を間にすることになるのだが、おときに腹を立て、自分のつくったにぎりめしを三つともたいらげたという女房が、さすがに気になるようだった。もっとも、女房の機嫌がなおっていれば出直してくるだろう。

「よけいなお世話かもしれませんけれど、今度は私が行ってみましょうか。そろそろお腹も空《す》く頃でしょうし」

「放っときな」

と、笑兵衛が言った。

「拗《す》ねるだけ拗ねりゃ、おときさんの方から出てくるさ」

その通りだろうと思ったが、お捨は、弥太右衛門と一緒にいろは長屋へ行くことにした。弥太右衛門の女房に会って、先日の世間話のつづきをするのもよいと思った。

その途中で、豆腐を入れた鍋と米のざるをかかえたおときに出会った。三年前まで住んでいたところなので、どこにどんな店があるのか覚えていたのだろう。

が、豆腐の鍋が重そうで、米のざるを持ってやろうとして声をかけると、「大丈夫ですから」という答えが返ってきた。

「これでお終《しま》いです。もう薪《まき》も味噌も買いましたし、布団も損料物屋《そんりょうものや》に届けてもらうようにしましたので」

「でも、明かりは」

「今日は、暗くなったら寝ちまいますよ。どうせ誰もいないし、今日はお酒も買わなかったし」

お捨は口を閉じた。笑兵衛の言う通り、拗ねるだけ拗ねさせてしまわなければ、おときはうちとけてこないのかもしれなかった。


おときは、豆腐の入った鍋をへっついに置き、米のざるを部屋の上がり口に置くと、畳へ仰向《あおむ》けに倒れた。下駄は、それから足を前後に振って脱いだ。横向きになると、頰《ほお》に米粒が当った。ざるを放り出すように置いたので、米がこぼれたのだった。

「ばかやろう」

ばかやろうは自分なのだとわかっているが、お捨のそばにいた弥太右衛門を罵《のの》りたくなった。

おときは、お捨に会って話をしたかったのである。お捨に中島町へ舞い戻ってきた話をして、「おときさんのことだもの、いつまでも沈んだ気持ではいられませんよ。すぐに元気になりなすって、また住みたい家を見つけてきなすって、それじゃ小母《おば》さんさよならって、ここから出て行きなさいますよ」と、あのえくぼのできる白いふっくらとした手で、おときの手をとってもらいたかったのである。お捨に手をとってもらいさえすれば、ねじくれた気持も真っ直ぐになって、弥太右衛門夫婦にもあらため
て挨拶に行く気になった筈なのだ。
そのために、朝早く起きて顔を洗い、これだけは持ってきた房楊枝《ふさようじ》と歯磨粉で口を
すすいだ。
蕎麦屋《そばや》が店をあけるのを待って、昨日からの空腹を満たしてもきた。鍋釜も持たず
に家を飛び出してきたと言えば、お捨が鍋を貸してくれて、米櫃《こめびつ》からなけなしの米を
さらってくれることはわかっていたが、それではあまり図々しいだろうと、鍋を買い、
米を買い、薪や味噌を買って、ご飯と味噌汁くらいはつくれる用意をしたのである。
これで木戸番小屋へ行けると思った時に、弥太右衛門がお捨を連れてきた。昨日か
ら布団を持ってきたり、おむすびを持ってきたり、お捨や笑兵衛に会うまでは放って
おいてもらいたいと思っていたのに、ずかずかと家の中へ入ってきた弥太右衛門がま
た、してもらいたくないことをしたのだった。
何のために中島町へきて、何のために小汚いいろは長屋に住むことにしたのだと思っ
た。木戸番小屋へ出かけて、決して上等ではないがていねいにいれてくれた茶を飲み、
おときが出会ってしまったろくでもない男達についての愚痴を聞いてもらうためでは

ないか。

多分、笑兵衛は何も言わない。昔は武士だったとか、日本橋の大店《おおだな》の主人だったとかいう噂《うわさ》通り、彫りが深く、品のよい横顔を見せて、しぶい茶をすすっている。弥太右衛門になぜ、あの真似ができないのだろう。

お捨だって、弥太右衛門の女房のように、わさわさと動いたりしない。おときが口惜《くや》しさに言葉をつまらせたりすれば、あの白いふっくらとした手で、黙っておときの手をとってくれる筈だ。おときは、お捨のふっくらとした手が、男に捨てられた情けなさやら、金を騙《だま》しとられた口惜しさやらを吸い取ってくれるような気がするのである。

「どうするんだよ、ばか。あんなことをしたら、もう木戸番小屋へ行けやしない」

ばかは自分だと思う。が、弥太右衛門を恨みたい。頼みもしないのに布団やにぎりめしを持ってきた、弥太右衛門の女房を罵ってやりたい。

「わたしゃ、この三年間に、二人の男と別れているんだ」

大工の伊三は女房がいるのに、そのうち所帯をもとうとおときに言い、小間物売りの直吉は、おときの留守に若い娘を連れてきた。

「そりゃ、誰が一番ばかかって言えば、わたしにきまってるけど」

伊三は、三年前にいろは長屋を引き払い、橘町の仕舞屋を借りるきっかけとなった男だった。

出会ったのは、内職の仕立て物を届けに行った店だった。お捨が連れて行ってくれた縄暖簾《なわのれん》で、女将《おかみ》のおせいと、いとこだという板前の二人でいとなんでいたが、よく二人で手がまわると首をかしげたくなるほど繁昌していた。

十七で所帯をもって、翌年別れたきり八年間も男を寄せつけずに暮らしていると笑ったおせいは、「着ることだけが楽しみ」と言って笑った。

「いろんな着物を着たいだろ。だから、柄がよくって安い反物《たんもの》を買って、安く仕立ててもらいたいのさ」

有難い客だった。

「お捨さんが連れてきなすったお人だから、腕はわるくないと思ってたけどさ。裾《すそ》まわしが、これほどぴったりしているのははじめてだよ」

と喜んでくれて、反物からの仕立て、仕立て直し、帯の仕立て等々、月に二、三度は仕事をくれた。

が、その店で、伊三に出会ってしまったのである。おせいの店の春駒《はるこま》は、今川町にあった。仙台堀《せんだいぼり》の枝川は今川町の裏を通り、永代町《えいたいちょう》を通り、北川町を通って中島町の横を流れ、隅田川にそそぐ。その川が仙台堀からわかれる曲がり角にある縄暖簾だった。

伊三は、清住町《きよすみちょう》に住んでいるという友達に連れられてきた。その時は別に親しくなるとも思わなかったので、「伊三さんっていいなさるんだって」というおせいの言葉を聞き流していたが、次に出会った時は、一人で酒を飲んでいた伊三が、おときのあとを追ってきた。夕七つを過ぎたばかりの、春駒が混み合う前のことだった。今思えば、夕暮れにおときが仕立て物を届けにくると知って、酒を飲みながら待っていたのだろう。

晩《おそ》い春の夕暮れだった。仙台堀やその枝川からたちのぼったのではないかと思うような夕闇が中島町への道にかかっていて、伊三は、「送って行くよ」と言った。おときはかぶりを振った。中島町へ越してきた理由が、所帯をもったつもりの男に金を騙し取られたからだった。その男の風貌は、伊三に少し似ていて痩せぎすの長身だった。

「それじゃ、ここまでにすらあ」

案に相違して、伊三はそう言った。

「ご亭主に、よけいな心配をさせるといけねえから」

そこで伊三にも騙されたと、今になればわかる。

「何言ってるの、わたしは独りですよ」

「おときさんがかえ。おときさんが放っておかれるとは思えねえがなぁ」

「放っとかれてるの。男に好かれる方じゃないんです」

「嘘だろ。おときさんが選《え》り好《ごの》みをしているんだよ、そりゃあ」

何とありふれた、何とわざとらしい話だっただろう。が、おときの胸は、性懲りもなくはずんできた。

「伊三さんこそ、あんまり遅くなると、おかみさんに叱《しか》られますよ」

そのあとの伊三の答えの、何と巧妙だったことか。

「俺、まだ棟梁《とうりよう》の仕事にくっついて行って、手間賃をもらってるんだよ」

嘘ではなかった。伊三が棟梁から手間賃をもらって仕事をしていることは、ほんとうだったのである。が、棟梁の仕事にくっついて行って、手間賃をもらっているのだから棟梁の家で暮らしているのだろう、棟梁の家で暮らしているのなら独り身だろうと思ったのは、伊三に言わせれば、おときが勝手に間違えたことだった。

「おときさん、春駒にはいつも今頃行くのかえ」

わたしを待っているつもりだとすぐにわかったが、おときはうなずいた。

自分も近所の人達も亭主と思い込んでいた男は、水茶屋の女との縁を切らずにいて、ついにはその女と行方《ゆくえ》をくらました。その男に、お前が女と逃げてくれたお蔭でまともな男と一緒になれたと、見せつけてやりたかったこともある。

「女将さんが、お客のたてこまぬ今頃がいいって言いなさるから。その前は、お昼のお客が残っていていそがしいんですって」

「ふうん」

「でも、頼まれる時と届ける時とで、わたしは五日か七日に一度、行くくらいですよ」

「わかった。また、待ってらあ」

伊三は、そう言って帰って行った。

その言葉通りに、伊三はおときを待っていた。仕事場が遠かったり、日暮れ近くまで働いていたりすることもあって、おときが春駒へ行くたびに待っているわけではなかったが、それでも月に一度は顔を合わせていたのではなかったか。道具箱をかつぎ、汗のにおいを撒《ま》き散らして、春駒へ飛び込んできたこともあった。

伊三を春駒へ連れてきた友達が、伊三に女房がいることを知らなかった筈はない。が、おせいにすら黙っていたようで、おせいは、「あの年齢《とし》で手間取りの大工じゃどうかと思うけどさ」と言いながら、次におときが春駒にあらわれる日を教えていたという。

「ま、わるい人じゃなさそうだもの。近いうちに、棟梁から仕事をまかせてもらえるようになるかもしれないしさ」

亭主と別れてから男なんざ寄せつけないと笑っているくせに、おせいも、女が独り暮らしをつづけるより手間取りの大工と一緒になった方がいいと考えていたようだった。

橘町にいい空家を見つけたと伊三が言い出したのは、それからどれくらいたっていただろう。

おときは、伊三が所帯をもとうという意味で言ったのだと思った。おせいも、おせいのいとこの板前も、「よかったじゃないか」と喜んでくれた。あの時は、弥太右衛門もいろは長屋の人達も皆、おときが伊三と夫婦になるものだと思っていた。

いや、二人だけ、伊三を疑っていたのかもしれない人達がいた。お捨と笑兵衛だった。おときと伊三とのことは、おせいが逐一《ちくいち》話していたらしい。おせいは、「どうしてなのかしら、お捨さんも笑兵衛さんも、よかったとは言っておくんなさらないんだよ」と首をかしげていた。

木戸番夫婦は、わたしが羨ましいんじゃないの。

当時のおときは、そう思ったものだ。お捨の顔を見たおせいは、「お捨さんが連れてきなすったお人なら」と、おときの裁縫の腕前も来し方《こかた》も尋ねようとせずに反物を渡してくれたのだが、お捨に感謝する気持は湧いてこず、世の中には奇特な人がいるものだと、どこか鼻先で笑っているような気持があったのである。

もとは武家だったとか、大店の主人だったとかいうんだろ。深川のはずれで木戸番なんかやって、悟《さと》りすましたような顔をしてるけど、内心は江戸の真ん中に戻って、いい暮らしをしたいのさ。だから、わたしが羨ましいんだ。

あははははは。おときは、お腹をかかえて笑った。が、伊三に女房がいて、しかもみごもっているとわかった時、真っ先に思い出したのは、おせいの「お捨さんも笑兵衛さんも、よかったとは言っておくんなさらない」という言葉だった。

なぜ、おせいからお捨と笑兵衛の反応を聞いた時、木戸番小屋へ行かなかったのだろうと思う。おせいの話を聞いて、お捨と笑兵衛は伊三のどこが気に入らなかったのかと、問い詰めてもよかったのだ。

後悔したが、伊三が橘町の家へ顔を見せなくなると、それを待っていたように直吉があらわれた。

直さんでもいいや。

どこかで、そう考えてはいなかったか。

橋町に家を借りたものの、伊三は、その家では暮らさなかった。棟梁の家にいて棟梁の仕事について行くとおときが信じていたのを幸いに、時折おときに会いにきては、「遅くなると棟梁に叱られる」と、女房の待つ家に帰っていたのである。

言うまでもなく、暮らしのための金はもらっていない。おときの方が、伊三に小遣いを渡していた。わずかな手間賃など、男どうしのつきあいにも足りないというのである。

おときは、中島町にいた時と同じように、夜を徹して針を動かしていた。中島町にいた時とちがっていたのは、春駒のような縄暖簾へ行かず、ひたすら伊三を待っていたことだけかもしれない。

直吉は、おときに仕立て直しを頼みにきた女の、その時は亭主だった。小間物売りという、女が相手の商売ではあり、得意先が水茶屋の女や、退屈しのぎに絵草紙屋《えぞうしや》をいとなんでいる囲われ者であったりして、ようすのいい直吉は、女の方から誘われることもあるようだった。

仕立て直しにきた女は、直吉の二度めの女房だと言っていた。直吉は子供の頃に相模《さがみ》から江戸へ出てきて、幼馴染みと所帯をもったあと、おせいと同じ商売をしていたその女と夫婦のような間柄になり、幼馴染みとはひとりでに夫婦ではなくなったそうだ。

おときとその女の間にも、同じことが起こった。直吉が橘町の家に住みつくようになり、縄暖簾の女とは、ひとりでに縁が切れたのである。「別れたかったのは、こっちの方だよ」と、縄暖簾の女は笑っていたそうだ。

直吉が急に帰ってこなくなったのは、その二年後で、一月前《ひとつきまえ》のことだった。二度あることは三度あるとは思っていた。幼馴染みを捨て、縄暖簾の女を捨てた直吉が、自分を捨てる時が必ずくるとは考えないではなかった。覚悟はしていたつもりだったが、水茶屋の女を連れてきた直吉を見た時のおときは、怒りと口惜しさと情けなさで頭が破裂しそうだった。

黙って踵《きびす》を返し、その頃の得意客だった女の家に泊めてもらったのは、縄暖簾の女と同じように、「別れたかったのは、わたしの方だよ」と言いたかったからだ。

そうだよ、わたしゃ、直吉なんて男、はじめっから信じちゃいなかった。

呟《つぶや》いたあとで、ふと思った。それならば伊三を、心から信じていたのだろうか。心から信じて、すべてを打ち明ける気になっていただろうか。

おときは、親の顔を知らない。物心ついた時には兄と一緒に暮らしていて、兄が一《いち》文《もん》の銭《ぜに》も手に入れられなかった時は、道に落ちていたものを拾って食べたこともある。

その兄は、今も生きているだろうと思うが、どこにいるのかはわからない。

そんな惨めな育ち方をした女だと、おときは伊三に打ち明けるつもりになっていただろうか。両親にも兄にも幼い時に死に別れたが、幸い、叔母夫婦に子供がいず、ひきとられてのんびり育ったと、十一の時に考えて少しずつ手直ししてきた身の上話を、少しずつ、気をもたせるようにして話してはいなかったか。

伊三なら打ち明けても大丈夫とは、爪の先ほども思わなかった。伊三だけではない、亭主だと思っていた男にも、弥太右衛門にもおせいにも、ほんとうの身の上を話しても大丈夫だとは思わなかった。話せば、「やっぱりね」と、目と目で合図をするのではないかと思っていた。

お捨と笑兵衛にすら打ち明ける気になれなかったのは、身の上話まで嘘でかためていたのかと興醒めのした顔を向けられた時を考えたからだった。お捨と笑兵衛に嘘つきの女だと思われたなら、おときがふらりと舞い戻るところがなくなってしまう。

そうだよ。わたしゃ、その頃からねじくれていたんだ。誰もわたしに近づかなくなったって、ちっとも不思議じゃないんだ。ちぇっ、それなのに何だい、わたしゃ米なんぞを買ってきやあがって。独りぼっちだってのに、まだ生きているつもりかよ。

酒だ。酒を飲もう。上等の酒を一升ずつ、一月《ひとつき》飲んでもあまるくらいの金はある。が、一升ずつ飲みつづけたならば、金がなくなるより先に、命の方がなくなるだろう。

おときは、起き上がる時にざるからこぼしてしまった米を拾おうともせずに、出入口の腰高障子を開けた。

「お捨さんも笑さんも聞いてくんなよ。おときの奴、うちん中に閉じこもったままなんだぜ」

と、弥太右衛門が言った。

「一日中、酒を飲んでいるようなんだよ。長屋の連中が気にしてね、障子に穴を開けてのぞいたらしいんだが、一升徳利《いっしょうどくり》と湯呑み茶碗が転がっていて、畳と土間に米がぶちまけられたままだってんだ」

「大変な荒れようだな」

と、笑兵衛が言った。「笑さん、起きたかえ」という弥太右衛門の大声で目を覚ましたようで、寝床から出てきたところだった。手早く着物を着て、帯をしめた笑兵衛に、お捨は桶《おけ》と手拭いを渡してやった。井戸は裏の炭屋のものを使わせてもらっていて、炭屋へは小屋脇の路地を通り、垣根の破れから入って行ける。

「どうする、お捨さん。うちの婆さんがようすを見に行ったのだが、心張棒《しんばりぼう》がかってあって戸は開かないし、呼びかけても返事をしないそうだ」

笑兵衛が放っておけなどと言わなければ、こんなことにはならなかったと言いたいのかもしれない。弥太右衛門は、少々恨めしそうだった。

お捨は、弥太右衛門を残して部屋に上がった。笑兵衛の寝ていた夜具をたたみ、壁際に押しつけて枕屛風《まくらびょうぶ》で囲う。夜具を干す時は、陽当りのよい炭屋の物干場を使わせてもらうのだが、今日は炭屋の子供達の夜具が干してあった。明日は夫婦の夜具が干される番で、お捨と笑兵衛はその次に使わせてもらう。この分なら、明日も明後日も晴天だろう。

「引っ越してきてから三日めだぜ。米がこぼれているってんだから、めしも食っていねえんだろうよ。あれじゃ、軀《からだ》がどうにかなっちまう」

「お酒だけ、飲んでいなさるんですか」

「酒の肴《さかな》にするつもりだったんだろう、惣菜屋から何か買ってきたらしいってんだが。みんながめしを食っている時を狙ってさ、そっと出かけて行って、もう店を閉めている惣菜屋の戸を叩いて買ってきたようだっていうんだよ」

おときはみんなが食事をしている時、言い換えれば路地に誰もいない時を狙って出かけて行ったと弥太右衛門は言っているが、では惣菜屋へ行って惣菜屋の戸を叩いたと、誰が見ていたのだろう。

「ほんとに、もう少し放っておいて差し上げればいいのに」

「酒ばっかり飲んでいるのにかえ。俺は差配で、店子《たなこ》は子供同然なんだよ。知らん顔はできねえ。こればっかりは、お捨さんの言いなさることでも、なるほどとは言えねえなあ」

「そうですねえ。知らん顔もしていられませんけれど、おときさんのなさることを、そんなにいちいち見ていなさらなくってもいいんじゃありませんか」

「そうかねえ」

「といって、弥太右衛門さんの言いなさる通り、そんなおときさんを放っておくわけにもゆきませんしねえ」

「そうだろう。そうなんだよ、いろは長屋で飲み過ぎの病人なんぞを出しちまったら、弥太右衛門の名がすたるよ」

顔を洗った笑兵衛が戻ってきた。おときが家に閉じこもり、酒ばかり飲んでいる話をすると、「そうらしいな」と言った。井戸端で顔を合わせた炭屋の女房に、そんな話を聞いてきたようだった。障子に穴をあけてのぞいたいろは長屋の住人達から、中島町へ舞い戻ってきた女のようすは、たちまちひろまってしまったらしい。おときももう、のぞかれていることに気づいているだろう。

お捨に桶を渡した笑兵衛が部屋に上がると、弥太右衛門もそのあとについて上がって行った。お捨は、笑兵衛の膳と弥太右衛門用にしている湯呑みを持って部屋に上がった。

「でも、もう少しそっとしておいてもらいたいと、そう思ってなさるんじゃありませんかねえ」

そう言いながら、茶碗にご飯を盛る。

「そりゃ、放っておいていいわけではありませんけれど」

「行ってやれ」

笑兵衛がぼそりと言って、ご飯をほおばった。

酒がなくなった。金もすぐになくなるだろう。一月《ひとつき》くらいもつと思っていたのだが、足がはえているようになくなってしまう。「おあし」とは、よくいったものだと思った。銭を入れてある袋をさかさまにすると、それでも黒い銭の中に光るものがあった。

二朱銀だった。

「ちぇっ。金がなくなるより先に、命がなくなると思ったのにさ。金が先になくなっちまうとはね。ま、金が先になくなりゃ、飢死《うえじに》って手もあるけどね」

できれば酒に酔って、何もわからなくなっている時に息をひきとりたい。せっかく中島町へ越してきたのに、お捨のあのやわらかい手でかさついた自分の手を握ってもらうこともなく、笑兵衛の彫りの深い横顔に見惚《みと》れることもなく、あの世へ淋しく旅立つようになりそうだが、せめて、飢えにのたうちまわらずに死にたい。あとのことはもう、どうでもいいけど。

おときは、独り言を言いながら土間に降りた。足許がふらついた。出入口の腰高障子が開いて、弥太右衛門が長屋の人達を連れて入ってきたように見えた。

「何するんだよ、この野郎」

力まかせに押しのけたつもりだったが、両手は虚空《くう》を押し、おときは勢いあまって腰高障子に突き当った。

「ばかやろう、わたしに怪我をさせようってのか」

障子の桟《さん》にぶつかった指が痛み、ふくれてくる。

「へん、どうせ、わたしは死ぬんだよ。死にゃあ、この痛みともおさらばだ。少しは痛い目をみろったって、そうはゆかない。ざまあみろってんだ」

　頰も痛かった。よろけた足首も痛かった。それよりももっと、胸のあたりが痛かった。ろくに食べずに酒ばかり飲んでいるので、胃の腑《ふ》が悲鳴を上げているのかとも思ったが、悲鳴を上げているのは、おとき自身かもしれなかった。

「放っといてくれよ。どうせあとわずかで、この世からおさらばなんだから」

　おときは、また見えてきた弥太右衛門に向かってわめきながら戸を開けた。そこに敷居があることはわかっていたし、敷居につまずくことなどなかったのだが、下駄が敷居にぶつかって、足がもつれた。弥太右衛門の幻を押しのける時にひねった足首に激痛が走り、なぜかはっきりと、どぶ板が見えた。

　その上に倒れると思った。どぶ板を見つめているつもりだったが、一瞬、目をつむったのかもしれない。反りかえったどぶ板で、いやというほど顔を打つと覚悟したのに、倒れた感触があったのは足だけで、胸と顔はどぶ板から離れていた。

　しかも、やわらかなものに抱えられている。おときは、きしんだ音をたてる首を懸命に曲げた。会いたかった顔が、おときをのぞき込んでいた。

「小母さん。いつからここにいなすったの」

「さっきから。きっと、おときさんが出てきなさると思って」

「ばかじゃないの。わたしが出てくるとは、かぎらないじゃありませんか」

「そうね。そりゃ、わたしだって木戸番のお店があるから、ずっといられるわけじゃないけれど、でも、なるべく、おときさんのそばにいた方がいいと思って」

「わたしは、一人で死ぬんだから。痛いのもなくなって、弥太右衛門ともおさらばするんだから」

何を言っているのか、自分でもわからなくなってきた。おときは目をつむった。少しの間、お捨の大きくて、やわらかい軀の中で眠りたいと思った。

目を閉じていただけだと思ったが、目が覚めた。しかも、夜具の中にいた。橘町の家にいて、また伊三がこず、宵《よい》の口《くち》から寝てしまったのではないかと思った。

が、男の声がした。伊三がきているのかと思ったが、伊三にしては声がかすれている。直吉でもなし、亭主だと思っていた男の声でもなかった。起きて顔を見ればよいのだが、まだ起き上がるのは億劫《おっくう》だった。おときは、しばらくの間、眠っているふりをすることにした。

「ろくに食わないで、酒だけ飲んでいるんだから、目をまわすのは当り前さ」

と、しわがれた声が言った。少しずつ頭がはっきりとしてきて、聞き覚えのある声だと思った。

「で、医者は何と言っているんだえ」

別の男の声が言って、しわがれた声が「心配ないとさ」と答えた。

「腹が減ってるだけだとさ」

「そう言われても、おそらくお酒で胃の腑は荒れていますよ。もうじき目を覚まされるでしょうから、重湯《おもゆ》でもつくりましょうかねえ」

聞き覚えのある女の声だった。おときは、ようやく自分がどこにいるのかわかった。

「叔母さんにのんびり育てられたなんぞと嘘をつきゃがって。身寄りがいないってのは可哀そうだが、男から男へと渡り歩いていたらしいんだよ。いろは長屋の若いのがひっかからなくってよかったと、俺は胸を撫でおろしているのさ」

「ま、そう言いなさんな」

茶を飲む音が聞えた。

「叔母さんにのんびり育てられたっていう身の上話が、おときさんは気に入ってるんだろう。当人の気に入っている方でいいじゃないか」

「が、それで騙される奴がいると困る」

「叔母さんにのんびり育てられなすったとしても、お気の毒にひとりぼっちで育ちなすったにしても、おときさんに変わりはないじゃありませんか。そのうちにほんとうの身の上の方がよくなりなすって、おときさんの方から話して下さいますよ」

「そうかねえ」

「そうですともさ。弥太右衛門さん、その時にもらい泣きをしなさらないよう、用心をしておきなすった方がいいかもしれませんよ」

ばかやろうと、おときは呟いた。

誰が、ほんとうのことなんざ話すかよ。

だが、お捨のつくってくれた重湯をすすりながら、また男に騙されたことを話す自分の姿が見えた。「騙されたんじゃなくって、わたしが男を信じていなかったんですね」などと、きいた風なことを言っている自分も見えた。

路地で抱きとめてもらって、重湯をすすらせてもらって、たったそれだけなのに、消してしまいたい昔の一つ一つを思い出して話してしまいそうになるなど、おときも年齢《とし》をとったものだと思った。おときは、男に捨てられても泣かない女だったではないか。

目頭が痛み、熱いものが頰をつたった。しゃくりあげる声を出さずにいられるのも、今だけかもしれなかった。

第五話　ぐず豆腐

水無月《みなづき》とは、田へ水をひいて入れる月の意味だというが、水無月の大地は日照りで割れているといった意味の歌もあったと思った。五月の梅雨《つゆ》のあとは、確かに晴天がつづき、澪通《みおどお》りは割れこそしないものの、砂埃《すなぼこり》がたつようになる。

先刻、麦湯《むぎゆ》を飲んだばかりなのに、またのどがかわいて、お捨《すて》は、軒下に出してある腰掛けから立ち上がった。狭い木戸《きど》番《ばん》小屋の、狭い土間に商売物をのせた台を置いているので、午後の八つ過ぎに西陽《にしび》が射してくるまでは、腰掛けを軒下に出しておくことにしたのだった。

井戸から引き上げてきた麦湯の鉄瓶は、まわりに水滴をつけている。湯呑みに麦湯をそそぐと、つい先刻はつめたかったのに、もうぬるくなっていた。

これから、ますます暑くなる。ふっくらと太って大柄なお捨には、苦手な季節だった。

「おい、腰掛けを片付けてくんな」

亭主の笑兵衛《しょうべえ》の声に似ていた。が、出かけてまもない笑兵衛が戻ってくるわけはない。

木戸番のつとめは夜廻《よまわ》りをはじめすべて夜の仕事で、笑兵衛は朝飯を食べたあと、明六つに開ける湯屋へ行って床《とこ》に入る。が、その笑兵衛を誘いにくる者がいた。いろは長屋の差配《さはい》、弥太右衛門《やたえもん》で、向かいにある自身番屋の当番になると、「笑さんは起きているかえ」と言いながら木戸番小屋へ入ってくる。将棋をさそうというのである。近頃は当番ではない日まで自身番屋へくるようになり、笑兵衛もいそいそと番屋へ出かけて行くのだが、昨日は豆腐屋の金兵衛《きんべえ》がきた。女房を亡くしている金兵衛は、商売と子供達の世話に追われて、将棋をさす暇も囲碁を打つ暇もない筈《はず》であった。

「それが、さ」

年齢《とし》より多い金兵衛の皺《しわ》が、顔中にひろがった笑みで、いっそう深くなった。

「上の伜《せがれ》がさ、ご存じの通り、せっかく奉公に出たのに戻ってきちまってさ、どうしようもねえ奴《やつ》だと思ってたら、豆腐をつくりてえと言い出しただろ」

「そうそう、親孝行で羨《うらや》ましいって、笑兵衛と話していたんですよ。近頃じゃ、次男の富《とみ》ちゃんまで手伝ってくれるようになったっていうじゃありませんか」

「手伝ってくれるったって、富二《とみじ》の方は八つだからね。手伝ってくれてるんだか、邪魔してるんだかわからねえが、上の秀太《ひでた》の方はこのところ、おあしをもらってもいいような豆腐を十日に一度、いや一月《ひとつき》に一度くらいかな、つくれるようになった」

「一休みできるじゃねえか、金さん」

「そうなんだよ」

金兵衛の笑みが消えたのは、今は十四になった長女のおしんを頭《かしら》に、秀太、富二、栄三《えいぞう》と、四人の子供を残して女房に先立たれたことを、ふっと思い出したからかもしれなかった。

四人とも素直な子に育ったが、金兵衛が振り売りに出た留守は、当時十二のおしんが、弟達の面倒をみなければならなかった。それを見かねたのだろう、秀太の奉公を世話する人がいた。断ってはいけないと子供心に思ったようで、秀太は奉公に出たのだが、金兵衛は淋《さみ》しかったにちがいない。口では「どうしようもねえ奴だ」と言っていても、「豆腐屋になる」と言って秀太が帰ってきた時は、女房にもあんな秀太を見せたかったと、井戸端へ駆けて行って泣いたそうだ。

「あいつがつくるのは、奴《やっこ》に切るのも苦労するような、ぐずぐずの豆腐が多いんだが、今日はいやにうまくできてね。褒《ほ》めてやったら、お父《とっ》つぁんはこれまで働きづめだったから、明日一日、好きなことをしていろと。急に生意気な口をききゃあがった」

明日の豆腐は俺がつくる、お父つぁんは休めと胸を張ったにちがいない倅を見て、金兵衛のこれまでの苦労も疲れも吹き飛んだことだろう。末の倅の貰《もら》い乳《ちち》に走りまわり、自分は栄三のためにかまってもらえないと拗《す》ねる富二に手をやいていた金兵衛を思い出して、お捨の方が涙ぐみそうになった。

「ま、今朝はたまたま豆腐の方がうまくかたまってくれたんで、明日の朝も、俺がつくることになるだろうけどさ」

が、金兵衛の口許《くちもと》は、先刻よりもゆるんでいた。

「でも、せっかく秀太が振り売りもやると言ってくれたんだ。富二も栄三も、おしんと留守番をすると言っているし、昼過ぎにちょいと出かけてみようと思ってさ」

「いいなあ、金さんは」

「それで、もしいやでなかったら、笑さんにつきあってもれえてえと思って」

「いいよ、つきあうよ。親孝行のお裾《すそ》分《わ》けにあずかりてえや。で、どこへ行く」

金兵衛は、少々恥ずかしそうに口ごもってから言った。

「この暑いさなかにと言われるかもしれねえが、釣りをしてえんだよ」

「釣り？」

「そんなに驚いたような顔をしねえでくんなよ。俺あ、昔っから釣りってものを一度、やってみてえと思ってたんだ。で、舟で海へ出て行く前に、稽古をしておきてえと思ってさ」

「するてえと、隅田川かな」

「釣糸を垂《た》らせるのなら、仙台堀《せんだいぼり》でも小名木川《おなぎがわ》でもいいんだ。何てったって俺は、釣針に餌《えさ》をつけたこともねえんだから」

「いいよ」

と答えて、笑兵衛は笑った。

「そのかわり、俺も、釣針に餌をつけることくらいしかできねえぜ。若《わけ》え頃に、鯉《こい》や鮒《ふな》を釣って喜んでいたことはあるんだが」

笑兵衛が釣りを楽しんだことがあるなどお捨も初耳だったが、金兵衛は手を叩いて喜んだ。釣りは初めての者どうし、一緒に川べりに立って、餌のついていない釣針をたらしていてもいいと思っていたらしい。

「有難《ありがて》え。笑さんが釣りをしたことがあるってのは心強《こころづえ》えや。俺あ、油揚の切ったのを針につけて、釣糸を投げる稽古をしようと思ってたんだ」

「が、釣竿《つりざお》も魚籠《びく》もねえよ」

「それは大丈夫だ。竿も魚籠も、弥太右衛門さんが物置がわりの二階から見つけてくれた」

と相談がまとまって、二人は、釣りに出かけるには遅い昼頃に、笠をかぶり、にぎりめしを持って、いそいそと出かけて行ったのだった。

「お捨、留守か」

やはり笑兵衛の声だった。お捨は、急いで土間へ降りて外へ出た。釣りに出かけた筈の笑兵衛が、気を失っているらしい女を背負って立っていた。

「行き倒れだ。番屋へ届けると、何かと面倒だから背負ってきた」

お捨が腰掛けを脇へよけると、笑兵衛は、先に部屋へ上がってくれというようにあごを動かした。

お捨が笑兵衛の通り道をひろげるため、脱いだ下駄まで部屋に上げると、笑兵衛は、商売物をのせた台にぶつからぬよう、用心深く小屋の中へ入ってきた。

上がり口で、笑兵衛の背からその女を抱き取る。華奢《きやしや》な女だったが、気を失っている軀《からだ》はずっしりと重かった。

ともかく女を部屋へ上げ、夜具を敷く。生きている証拠に、笑兵衛が夜具の上へはこぼうとした女の口から、「うう」というような声が洩《も》れた。

「在《ざい》から出てきなすったのでしょうか」

「着物の柄をみると、江戸の人間ではないようだが」

「お水を飲ませてあげた方がいいのでしょうか」

「先に軀をひやした方がよさそうだな」

笑兵衛は、女の額《ひたい》に手を当てて言った。

「今、金さんが医者を呼んでくるが」

土間は鉤《かぎ》の手になっていて、澪通り側がお捨の内職である商い用だが、部屋の横手となる方は狭苦しいが台所用で、へっついも水甕《みずがめ》もある。お捨は、商売物の手拭《てぬぐ》いを何本か手にとって、桶《おけ》に汲《く》んだ水にひたした。

「釣りはできませんでしたね」

女の顔は、日焼けをしたのか赤く、発熱しているように熱かった。手拭いは四本あった。お捨は額と胸にそのうちの三本をのせ、残りの一本を衿首《えりくび》の下へ押し込んだ。

「隅田川へ行く前に、このお人がふらふらと歩いてくるのに出会ったんだよ」

「この暑さではねえ。ことによると、ご飯を召し上がっていないのかもしれませんよ」

笑さん、という声が遠くで聞えた。金兵衛だった。金兵衛は二本の釣竿を持ち、魚籠を腰につるして小屋の中へ駆け込もうとしたが、釣竿が軒につかえて邪魔をした。

その隙に、金兵衛の呼んできた医者が小屋の中へ入った。幾度か木戸番小屋へ呼ばれたことのある医者は、慣れたようすで狭い部屋へ上がってきた。


一瞬、川音が聞えていることを忘れていた。この木戸番小屋があるところは、深川の中島町《なかじまちょう》というらしい。町の三方を川にかこまれていて、川の中に島があるようだから中島町という名がついたようだと、木戸番女房のお捨は言っていた。

おるいは、そのお捨が枕もとに置いてくれた湯呑みに手をのばした。つめたい麦湯が入っていた。

子供の頃の峰松《みねまつ》は、泥だらけになって遊んでいて、時折、家に飛び込んでくると、「今日は麦湯あるの」と、大声で言ったものだった。その峰松の声に、幼い男の子の声が重なった。

「小母《おば》ちゃん、お父《とっ》ちゃんが、また大きいあんちゃんのお豆腐を食べていただけましぇんかって」

木戸番の笑兵衛と一緒に、おるいを助けてくれた豆腐屋の伜だった。末の子供で、五歳になるらしい。昨日はおるいのようすを見にきてくれたのだろう、金兵衛も一緒に木戸番小屋へきたのだが、栄三というその男の子は、腹掛《はらが》けを濡らしながら豆腐を入れた桶をしっかりとかかえていた。

「小母ちゃん、大きいあんちゃんのお豆腐」

そう言って桶を差し出した姿も可愛らしかったが、金兵衛は、豆腐を渡す時のていねいな言葉を教えたらしい。「食べていただけませんか」で、舌がまわらなくなったのも可愛らしかった。

「ま、今日は一人で届けにきてくれたの。お利口さんねえ」

お捨は、駄賃《だちん》に商売物の飴《あめ》を渡そうとしたようだった。

「ええと、いらない。お父《とっ》ちゃんが、お使いの時に、いちいちお駄賃をもらっちゃいけねえって」

「ま、ほんとに栄ちゃんはお利口さんねえ。でも、これは小母ちゃんが栄ちゃんに上げたいの。お父ちゃんには、小母ちゃんが栄ちゃんにもらっていただきましたってお話ししておくから、大丈夫ですよ」

栄三は、うなずいて飴に手を出したのかもしれない。「あらあら」という、お捨の声が聞えてきた。

「また腹掛けがびしょ濡れになっちまって。取ってしまった方が、ぽんぽんが痛くならないだろうけど、おうちに帰ったら取り替えるの、ある？」

「ある。あんちゃんの小《ち》っちゃい時のがいっぱい」

「あらまあ」

お捨は、ころがるような声で笑った。抜けるように白い、ふっくらとした手で口許を押えているにちがいなかった。

「小母ちゃん、飴、有難う。おうちで、みんなで食べる」

あのくらいの時は、伜の峰松も可愛かったと思った。昨日、おるいに「どうじょ」と豆腐の桶を渡していた栄三も、目の大きな愛くるしい顔立ちをしていたが、峰松は、「女の子さんですかえ」と言われるほど、色白で整った顔立ちをしていたものだ。口やかましかった舅《しゅうと》も、峰松が三つの可愛い盛りになってからは、嫁への叱言《こごと》は可愛い孫に嫌われるもとになると気づいたのだろう、むしろ、おるいの機嫌をとるようになった。

今でも情けないと思うのは、峰松のあとに子供が生れなかったことだった。流産、死産とつづいて、そのあとは、まったくみごもることがなくなってしまったのである。子供は何人でも欲しいと思っていたおるいは、気落ちして食べものもろくにのどを通らなくなった。亭主の竹蔵《たけぞう》も舅夫婦も、「男の子は一人の方がいい」と言ってくれたが、慰《なぐさ》めにはならなかった。

男の子が何人も生れれば、峰松のほかは小作となるか、村の外へ働きに出かけねばならなくなる。舅の父から舅へ、舅から竹蔵へと譲られてきた田畑を、子供達で分けるようなことはできないのである。女房子供を養うことすらできない、零細な百姓が何人もできるだけだからだ。現に、竹蔵の弟は、所帯をもつこともできずに離座敷《はなれ》で暮らしていた。

「子供は一人でいい」

そう言って、竹蔵は峰松を可愛がった。おるいも、生れる筈だった子供達の分まで、峰松の世話をやいた。竹蔵と田畑へ出る時は、峰松を藁《わら》で編んだ籠に入れて連れて行き、帰りには収穫物を積む荷車にのせてやった。峰松には荷車の揺れが心地よかったのか、「面白《おもちょ》い、面白《おもちょ》い」と喜んだものだった。

甘やかしたつもりはない。叱《しか》る時には叱った。人を雇うほどではないが、竹蔵の持っている田畑は、舅夫婦を含めて一家五人と竹蔵の弟が暮らしてゆくには充分な広さがあった。その田畑を荒らさぬよう、舅も亭主の竹蔵も、収穫物、ことに米や米を育てくれる土の有難さを、繰返し説いていた。

その峰松が、「俺は江戸へ行く」と言い出した。峰松が十五になった時だった。俺は百姓に向いていないというのである。

すでに舅は他界し、暇さえあれば畑へ出て、隅の方に水仙や酸漿《ほおずき》や菊などを植えていた姑《しゅうとめ》も、部屋にこもっていることが多くなっていた。

竹蔵が激怒したのは当然だった。舅夫婦や竹蔵とおるいが、どれほど田畑をたいせつにしてきたかを考えれば、峰松もちがう言い方ができた筈だとおるいも思う。が、峰松に竹蔵やおるいの思いは通じていなかった。十四くらいからは、二人の言うことになど、耳も貸さなくなった。人には向き不向きがある、父親が百姓の仕事を好いていても、伜が好きになるとはかぎらないと強情を張った。

とうとう竹蔵のこぶしが、峰松の頬《ほお》に飛んだ。途中から、おるいは竹蔵を宥《なだ》める方にまわっていたのだが、竹蔵の怒りは抑えることができなかった。

「いられるか、こんな家に」

峰松は、捨ぜりふを残して表口から飛び出して行った。おるいがあとを追ったが、峰松の長身は、たちまち新月の夜の深い闇に飲み込まれ、裸足《はだし》だったらしい足音も、雨が降ればぬかるむ道のやわらかな土が吸い込んだ。

竹蔵は、峰松がすぐに戻ってくると思っていたようだった。あてもなしに江戸へ出たところで暮らしてゆけるわけがないというのだが、今になって思えば、それは竹蔵が自分に言い聞かせていた言葉だったのかもしれない。

一年たっても峰松は戻らなかった。竹蔵は、「それだけの根性があったと思えば嬉《うれ》しい」と言うようになった。まだ四十にはなっていなかったが、髪には白いものが多くなり、背を屈《かが》めて歩くようになっていた。

それでも、竹蔵の生きている間は、おるいの負担もそれほどではなかった。姑は寝たきりで、一人では起き上がることもできなくなっていたが、田畑のことは竹蔵にまかせ、おるいは姑の面倒をみる間に野良へ出て行けばよかったのである。

峰松からの便りが届いたのは、二年あまりが過ぎた夏のことだった。「振り売りになった。それでも腹いっぱい、めしは食える」と書いてあった。

伜の無事が嬉しくて、おるいは幾度も涙をこぼした。涙をこぼしながら、少し見栄をはればよいのにと妙なことを思った。商売をはじめたと書いてくれれば、胸のうちのどこかで、さすが我が子と思ったにちがいないのである。

「ばかが。それでも無事にやってたか」

と竹蔵はぼそりと言い、姑はその手紙を枕の下に入れた。

それからさらに二年がたち、姑が眠るように逝《い》った。おるいは竹蔵と毎日田畑へ出るようになったが、あれほど野良仕事の好きだった竹蔵が、江戸へ行きたいと言い出した。江戸へ行って峰松を探し出し、所帯を持っているかもしれない峰松と暮らし、孫を抱きたいというのである。

「そんな。どこにいるのかわからないのに」

「そうだな」

気落ちしたような声だった。

竹蔵は、心底《しんそこ》から峰松と暮らしたかったにちがいない。「どこにいるのかわからないのに」というおるいの言葉は、親からゆずられた田畑に縛りつけられて暮らさねばならないのだという意味に聞えたのかもしれなかった。日一日と活気が失せていって、翌年の五月、風邪をひいたのがきっかけで、あっけなく息をひきとった。

六月は田に水を入れる月、田植えの季節だった。が、亭主を失ったおるいに、一人で水田を耕し、水を引いて苗を植える気力も体力も残っていなかった。田畑の耕作は、それを待っていたらしい竹蔵の弟がひきうけて、そのかわり母屋《おもや》に住むことになった。おるいは、離座敷《はなれ》に移った。峰松の便りを待ちながら、ひっそりと暮らしていられればよいと思ったが、竹蔵の弟は、兄にも内緒にしていた女を連れてきた。しかも、女はみごもっていて、女の妹だという女がついてきた。

女は弟の女房であると、認めるほかはなかった。女は、大きなお腹を突き出して田畑へ出て行った。竹蔵の弟が、女に連れられて野良仕事に出ているようだった。

離座敷にいても、居づらくなった。三度の食事は一緒にするという約束だったが、忘れたという理由で呼んでくれない時もあった。

峰松に会ったと、近所の、といっても二丁ほど離れているのだが、近所の夫婦が知らせてくれたのは、離座敷の暮らしを二年近くも辛抱した今年、四月のことだった。夫婦は、世話になった人が江戸で二度めの祝言《しゅうげん》をあげたので、その祝いに行ってきたのだという。

「で、ついでだからと、両国ってえ盛り場を見物しに行った時に、峰ちゃんに会ったんだよ」

と、夫婦は口を揃えて言った。

峰松の方から声をかけてきたという。女房らしい女が、峰松のうしろに隠れるようにして、挨拶をしたそうだ。

「見違えたよ。あれから七年だものなあ。十五だった峰ちゃんが、女房をもらっていたって不思議はねえ」

「で、どこに住んでいると言っておりましたかえ」

「それが」

亭主の方が、言いにくそうに頭をかいた。

「はじめは、親父とおふくろは村の方がいいんだろと、教えてくれなかったが、竹蔵さんが亡くなりなすったと言うと、本所《ほんじょ》に住んでいると教えてくれたよ」

「本所、ですか」

「うん。おっ母《か》さんがたずねて行くかもしれねえから、両国からの道順を書いてくれとも言ったんだが、おっ母さんが江戸へ出てくるわけがねえと、書いてくれなかったんだ」

だが、おるいは江戸へ出てきた。梅雨の間、離座敷にこもって江戸へ出て行った場合と出て行かなかった場合とをあれこれ考えて、決心をしたのだった。

おるいは、そっと旅支度を整えて、竹蔵の弟達と暮らしている間に少なくなってしまった蓄《たくわ》えを懐《ふところ》に入れ、早朝、まだ誰も起き出さぬうちに家を出た。江戸には、泊まりを三回重ねれば着く。八つ前には旅籠《はたご》に入ってしまう旅をつづけ、江戸に入ったのも昼過ぎだったと思う。

両国橋はすぐにわかったが、橋のたもとで本所という町はどこかと尋ねると、怪訝《けげん》な顔をされた。本所のどこと言ってくれぬとわからないというのである。本所とは、両国橋を渡った北のあたり一帯をいうようだった。

峰松は、わたしに会いたくないから、本所に住んでいるなどと曖昧《あいまい》なことを言ったのではないか。

このあたりが本所と教えられたあたりを歩きまわりながら、おるいは、幾度そう思ったことだろう。

嫁と二人きりで、或《あ》るいは子供との三人暮らしで、親の入る隙間もないほど幸せなのかもしれない。親は、それを喜ばなくてはいけないのかもしれないが、でも、あんまりではないか。

どこで道を間違えたのかわからない。倒れていたのは本所ではなく、深川だったというのだが、おるいは、竪川《たてかわ》と教えられた川沿いを歩いていたつもりだった。居所をはっきり教えてくれなかった峰松への不満が胸にたまり過ぎていて、それぱかり考えているうちに、ついどこかで橋を渡ってしまい、竪川沿いを隅田川へ向かって歩きはじめてしまったのかもしれなかった。

豆腐屋の伜、栄三は、走って帰って行ったようだ。自身番屋の書役《しよやく》だという男と話しているお捨の声が聞えてきた。「今が一番可愛い時かもしれませんねえ」とお捨が言えば、書役が、「秀ちゃんは親孝行だし、この分じゃ、二番目の富ちゃんもあらそって親孝行になる。金さんは嬉しくってしょうがないだろう」と応じている。

うちの峰松だって、と思った。峰松だって親孝行だった。軒をつらねている江戸の隣家にくらべ、田舎の隣家ははるか遠いところにあるが、それでも牡丹餅《ぼたもち》をこしらえた時などは、嬉しそうに届けに行ってくれた。しかも、竹蔵が死んだと聞いて、本所という地名を教えてくれたのである。

それは、おるいに会いたくないから曖昧なことを言ったのではなく、おるいならきてもいいということではないか。居所をはっきり教えてくれなかったのは、思いがけず出会った知り合いに、江戸での暮らしぶりを知られたくなかったからかもしれない。

そうだ。そうにきまっている。親孝行な峰松は、ことによると江戸での貧しい暮らしを知らせたくなかったのだ。貧しい暮らしをしていると知れば、竹蔵やおるいが心配すると考えて、長い間手紙も寄越さなかったのだ。

母親のわたしになら、何もかも打ち明けてくれると思うんだけど。でも、両国で出会った時の峰松が、それほどみすぼらしい姿をしていたのだろうか。苦しい暮らしをしているようなら、あのご夫婦は口ごもるだろうし、その前に、峰松の方から声をかけたりしないだろう。

お捨が、小屋の中へ入ってきた。おるいは、床の上に坐りなおした。

「あの、おかみさんにお願いがあるのですけれど」

「ま、何でしょう」

お捨が目を見張った。

お捨をはじめて見た時は、色白だが大きな女だとしか思わなかったが、厄介《やっかい》になっているうちに、これほど綺麗《きれい》な人はいないのではないかと思うようになった。商売物の台が占領している土間を、軀を横にして表へ出て行く姿も、ころがるような声で笑う姿も、昔どこかで習ったみやびという言葉を思い出させるのである。

「この近くの長屋で、あいている家を借りていただけないでしょうか。わずかでも蓄えのあるうちに、峰松を探したいんです」

「ご遠慮なさらず、うちでごゆっくりと言えればよいのですけどねえ」

昨日の昼の笑兵衛は、いろは長屋の差配の家へ眠りに行ったらしい。が、その差配のお喋《しゃべ》りで、ろくに眠れなかったらしいことは、差配がお捨へあやまりにくるより先に、笑兵衛の顔を見てわかった。寝不足で、目が赤くなっていたのである。

お捨には、空家の心当りがあるようだった。本所を探すのなら本所で空家を探した方がよいとわかっていたが、身許を保証してくれる人もなしに借りられる長屋は、おるいの方が恐しい。右も左もわからぬ江戸で暮らすには、もう少しの間、中島町澪通りの木戸番小屋を頼らせてもらいたかった。

おるいは、その三日後に、鼠長屋《ねずみながや》と呼ばれている長屋に引越した。「いろは長屋に空家があればよかったのですけれど、鼠長屋の差配さんもいいお人ですから」と言って、お捨は、損料物《そんりようもの》の夜具や蚊帳《かや》を届けてもらう手配をしてくれた。

いやじゃなかったら使ってくれと、貰いものらしい茶碗や皿、捨てようかどうかと迷っていた鉄瓶、茶筒、大工になおしてもらったという蠅帳《はいちょう》までがあちこちから届けられて、おるいが買ったのは、鍋と魚を焼く網だけだった。

何をはこんだわけでもないけれど、引越の翌日は妙に疲れて、おるいは、また一日寝込んだ。差配が知らせたらしく、お捨が粥《かゆ》を、金兵衛が娘のおしんが飛竜頭《ひりようず》を煮たのを届けにきてくれた。

その翌朝、おるいは鍋で炊いためしを食べ、残りをにぎりめしにして家を出た。お捨や金兵衛や、番屋の書役やいろは長屋の差配がくどいほど教えてくれた本所への道をたどり、元町《もとまち》、藤代町《ふじしろちょう》、横網町《よこあみちょう》などという町を、峰松という二十二くらいの男は知らぬかと尋ねてまわった。

峰吉という二十くらいの男がいて、もしやと思ったのだが、別人だった。気落ちしたのと、武家屋敷のならぶ一劃《いっかく》に迷い込んでしまったのとで、にぎりめしを隅田川の土手で食べたあとは足も重くなり、陽《ひ》が傾きかけたところで深川中島町へ戻ってきた。おるいは、お捨にもらった桶と手拭いを持って井戸へ行った。とりあえず、砂と汗に汚れた手足を洗うつもりだった。

井戸には先客がいた。十八、九と見える娘だった。娘は、着物の裾《すそ》を膝までまくりあげて帯にはさみ、ふくらはぎや臑《すね》につるべの水をかけていた。

鼠長屋は、風の通りがわるい。住人達の中には、日中《にっちゅう》、出入口の腰高障子をはずしてしまう者もいるが、それでもうちわを持って軒下へ出てくることがある。娘は、足に水をかけて涼をとっていたようだった。

「お邪魔様」

と、娘は言って、首にかけていた手拭いをとろうとした。足を拭いて、おるいに場所をゆずってくれるつもりだったのだろう。が、つるべで水を汲んでいるうちに片方が長く垂れ下がってしまったらしい手拭いは、屈めていた腰をのばした瞬間に下へ落ちた。

「あら、大変」

おるいが拾ってやったが、娘は幾度も足に水をかけていたようで、井戸の周辺は足がはじきかえした水でぬかるんでいた。手拭いは、その泥に染まった。おるいは、手拭いと一緒に、持っていた桶を娘の前へ差し出した。

「ごめんなさい、お借りします」

娘は、てれくさそうに笑った顔をおるいに向けた。着ているものから十八、九と思ったのだが、ことによると、もう少し上かもしれなかった。おるいは、越してきた日に、一人だけ挨拶のできなかった住人がいたことを思い出した。

鼠長屋の差配は、「夕方からは留守なんだよ」と言い、「昼前に挨拶に行ってはだめだよ」ともつけくわえた。中島町の西側を流れる仙台堀の枝川をはさんだ隣り町、相川町の縄暖簾《なわのれん》で働いていて、その縄暖簾が遅くまで店を開けているらしいのである。町の南側、大島川の向こうの越中島町《えっちゅうじまちょう》には岡場所があり、贅《ぜい》をつくした遊女屋が三軒もあるという。二階建ての家のまわりに提燈《ちょうちん》がずらりとならんでいる光景は見事なもので、遊女屋へあがる金を持ち合わせていない男達も、その光景を眺めに行く。帰り道には縄暖簾へ寄って、遊べなかった憂さを晴らすつもりか安酒を飲んで騒ぐのである。時には酔った勢いで、縄暖簾の女達を誘うこともあるようだった。

「だからね、お京《きょう》さんが帰ってくるのは遅いんだよ。それで、朝寝坊だ。昼頃に起きることもある」

と、差配は苦笑した。

「いい人なんだけどねえ、お京さんも」

お京は、手拭いをすすいだ桶をていねいに洗ってからおるいに差し出した。

「助かりました」

と、屈託なく礼を言って笑う。

「小母さん、うちの隣りに引っ越してきたお人？」

「ええ。ご挨拶がすっかり遅れて申訳ありません」

「いいえ、寝ているこっちがわるいんだから。でも、お隣りどうしなんだから、お目にかかれてよかった」

ほんとうにと、おるいは口の中で言った。

お京の言葉には、おるいと似た訛《なま》りがあった。お京も故郷を捨てて江戸へ出てきたのかもしれないが、今のお京の言動を見るかぎりでは、もし村にいたならば、女房になってくれと引く手あまただったのではないか。

「小母さん、もしかして鴻巣宿《こうのすじゅく》のあたりにいなすったんじゃない？　わたしは、その近くで生れて育ったんだけど」

「もうちょっと先なんです。本庄宿《ほんじょうじゅく》の先の小島村《おじまむら》というところですけど、江戸から見ればお隣りさんですね」

お京は、長屋の端に置かれていた梯子《はしご》に軽く腰をおろした。話し込むつもりのようだった。おるいは、持っていた桶を置き、つるべで水を汲んであけた。歩きまわって火照《ほて》っている足に、しぶきのかかったのが心地よかった。

「小母さん、伜さんを探しにきなすったんですってね」

「早耳ですねえ」

「差配さんにでも、長屋の人達にでも、一言何か喋ったら翌《あく》る朝《あさ》にはひろまってるから。尾鰭《おひれ》がついてることもある」

「どこも同じなんですね」

「でも、村だとひろまるのに一日かかるでしょう。ここじゃ、わたしが誰と一晩過ごしたか、目を覚ました時にゃ、みんな知ってる」

何と答えればよいかわからず、おるいは黙って足を洗っていた。お京は一人で笑い、

「わたしも、うちを飛び出してきたんだ」と言った。

「十四の時だったけど」

「また、どうして」

「大っ嫌いな男の女房になれと言われたから」

「それだけで」

「それだけって、家を飛び出すのに、ほかにどんなわけがあるってのさ。好きな男もいたし」

「でも、十四といえば一人前のようだけど、まだ子供ですよ。親御《おやご》さんは、お京さんによかれと思って、お聟《むこ》さんを見つけなすったんでしょうに」

「そう言うと思った」

お京は片頬《かたほお》で笑った。

「まったく、どこの親も子供より世間を知ってると思い込んでるんだから始末におえない」

「子供より、よけい生きてますからね」

「よけい生きてるってだけじゃないか。よけい生きてりゃ、子供の気持がわかるってもんじゃない」

「親の心、子知らずともいいますよ」

「親は手前《てめえ》のすることは間違いないと思っていて、手前《てめえ》の考えばかり押しつけてくるからね。たまったものじゃない」

おるいは、お京に背を向けた。家を飛び出して、男に軀を売って生きるような破目になって、後悔していないのだろうかと思った。しかもおるいは、親の言うことを聞かずに家を飛び出した伜を探しにきた親なのである。何を言うのかと思ったが、お京は喋りつづけていた。

「嫁にゆくのは誰だい。わたしじゃないか。そりゃ親にしてみれば、ひろい田畑を持っている男に娘を嫁がせれば、食えない、助けてくれって泣きつかれる心配はなくなるだろうさ。が、嫁にやられたこっちは、一生、それも二六時中、嫌いな男と顔を合わせていなけりゃならないんだ。やってられるかよ」

おるいは黙っていた。

「好きだった男は、忠作《ちゅうさく》ってんだけど、小作人の伜で、めしもろくに食っていない男だったからね。今になりゃ、親の心配もわからないではないけれど」

「ほら、ご覧なさい」

「ほらみろと言いなさるけど」

と、お京は肩を揺すって笑った。

「わたしゃ親の気持をわかってやったけど、親は、いまだにわたしの気持がわからないらしいよ」

おるいは、ふたたび口を閉じた。

「忠作が生れたのは、忠作の父親に女房がいたからだろ。小作の家へ嫁にいったからって、みんな死んじまうわけじゃない。子供が生れて、忠作のようないい男が育つんだよ。わたしゃ、忠作が亭主で、忠作のような伜が育ってくれるなら、どんな貧乏でも我慢できると思ったね。ひろい田畑なんざいらなかった。嫌いな男と一緒になるくらいなら、川へ身を投げて死んじまいたかった」

俺は野良仕事にむいていねえと、峰松は、十二、三の頃から言っていた。確かに峰松は手先が器用だったが、軀が細く、腕力に恵まれていなかった。が、舅は田畑で鍬《くわ》をふるっているうちに、がっしりした軀になってくるものだと心配していなかったし、竹蔵も、十七、八になれば軀のつくりがちがってくると、峰松の訴えを一蹴していた。第一、あの村に、先祖の田畑を耕す以外に恵まれた暮らしのできる、どんな仕事があるというのだろう。

俺は江戸へ行く、江戸で仕事を探す。

おるいにも竹蔵にも、野良仕事が嫌いな伜の戯言《たわごと》としか思えなかった。竹蔵が持っているのは、毎年、稲刈りを手伝ってもらった人達を招いて豊作の酒盛りをするような良田と、陽当りのよい畑だった。峰松は、黙っていてもその田畑の持主になれる。

江戸がどれほど繁昌の地であろうと、何の準備もなく飛び出して行って村にいた時と同じような暮らしのできるわけがない。

このお京という人だって、軀を売って暮らす破目になっちまったんだ。だが、親はいまだにわたしの気持がわからないらしいとお京は言う。子供の頃は素直だったたと、二言目には言っていたとかわいた声で笑う。

おるいも、いまだに思い浮かべるのは、五、六歳の峰松だった。五、六歳の峰松を思い出し、あの頃は可愛かったと呟《つぶや》いて、十五の峰松を思い出しては、なぜあんな風になったのだろうと嘆いていたのである。

峰松は、五、六歳の頃がよかったとは思っていないにちがいない。おるいが幼い頃の峰松ばかりを可愛いと思うのは、その頃の峰松が、おるいの言うことにすべてうなずいてくれたからではないだろうか。

「で、忠作と江戸へ逃げてきたんだけどね」

と言うお京の声が聞えた。

「わたしゃ子守もやったし、枝豆売りも卵売りもやった。忠さんだって、蠟燭《ろうそく》の流れ買いっていう、ほら、蠟燭はともすとまわりに蠟が流れるだろう、あれを集めて蠟燭屋に買ってもらうんだけど、そんな商売や引越の手伝いや雪かきや、仕事があると言われりゃ、何でもやった。親から見りゃ、何を好き好んで苦労をしてるんだってことになるんだろうけど、幸せだったんだよ、わたし達は」

峰松も、そんな苦労の末に所帯をもったのかもしれない。峰松となら貧乏暮らしでもいいと言ってくれる娘があらわれたのだとしたら、田畑を耕せと言ってこぶしを振り上げた親となど、一緒に暮らしたいとは思わないだろう。

「だけど、忠さんに江戸の水は合わなかったのかもしれないね。たった一年であの世へ行っちまったんだよ。村にいりゃ、貧乏をしていても長生きをしたんじゃないかと思うと、申訳なくってね。それだけは後悔してる」

峰松は、ほんとうに本所というところに住んでいるのだろうか。居所がおるいに知れて、どうか村へ帰ってくれと泣いて頼みにくるようなことがあっては困ると、いい加減な地名を教えたのではないだろうか。

「ああ、つまんない話をしちまった」

と、お京が言った。

「小母さん、一緒にお湯屋へ行かない？　縄暖簾の女将《おかみ》さんと喧嘩しちまったんで、今日はお店に行く気はないからさ、小母さんにご飯を炊いてあげる」

「わたしに」

「おっ母さんと同じくらいの年頃なんだよ」

それだけは、妙に早口だった。


お京は、湯屋へ行く前に米をといだ。帰ってきてからへっついの薪《まき》に火をつけると、米に少し粘り気が出てうまく炊けるのだという。

湯屋から帰ったお京はたすきをかけ、裾を端折《はしょ》ってへっついの薪に火をつけると、路地に七輪《しちりん》を持ち出して金網をのせた。魚を焼いたあとに薬罐《やかん》をのせておけば、ちょうどご飯を食べ終えた頃に湯が沸いて、熱いお茶が飲めるというのである。

忠作という男と暮らしていた頃は、いい女房だったにちがいなかった。ことによると、二人で働いているうちに少しずつ蓄《たくわ》えができ、水田の一枚くらい買えるようになったかもしれなかった。お京の親は、願い通りに二人を一緒にさせてやり、江戸で落着いて働けるようにしてやった方がよかったのだ。

「この間の小母ちゃん、どこ。どこかへ行ってるの」

幼い声が聞えた。豆腐屋の末息子、栄三の声だった。「この間の小母ちゃん」はおるいのことだろう。味噌汁をすすっていたおるいは、急いで土間へ降りた。お京も降りてきて、おるいと一緒に路地へ出た。

「あ、ぐず豆腐のお姉ちゃん」

と、栄三が言う。お京のことらしかった。

「これ、お父《とっ》ちゃんが、小母ちゃんにって」

栄三は、豆腐の入った桶をおるいに渡した。桶には水が入っていず、そのかわり豆腐の脇に、おしんがきざんでくれたらしい紫蘇《しそ》の葉と、おろした生姜《しょうが》が添えてあった。

そういえば、おろしがねを買ってなかったと、おるいは思った。

「お父《とっ》ちゃんがね、桶は返してもらえって。それから、あんちゃんのつくった豆腐だけど、今日は少しかた過ぎたって」

「そんなことない。あんちゃんのお豆腐は、いつもおいしいって、そう言ってね」

駄賃は渡さないでくれと金兵衛に頼まれているので、おるいは、桶を洗って返すことにした。栄三は、桶を洗ってもらったことに礼を言って帰って行った。

「まったく、あそこの子はよくできてるよ」

と、もらったばかりの豆腐を奴に切りながら、お京が言う。蠅帳の横に置いてある一升徳利《いっしょうどくり》に手をのばしたのは、ご飯をあとまわしにして、冷奴で酒を飲むつもりなのだろう。

「それに小母さんも、よその子にはやさしいことを言ってやるじゃないか」

そんなことはないと思ったが、考えてみれば、十一、二で畑を耕すようになった峰松には、それでは畝《うね》が浅いとか日が暮れてしまうとか、不満ばかりを口にしていたような気がする。

「それより、ぐず豆腐のお姉ちゃんって、どういうことなの」

湯呑みに酒をついでいたお京が苦笑した。

「急にお豆腐の味噌汁が飲みたくなって、金兵衛さんとこへ行ったんだよ。が、わたしゃ朝寝坊だろ。金兵衛さんの豆腐は売り切れてて、金兵衛さんが、伜のつくった豆腐でよかったら持ってってくれと言ってくれたのさ。少々ぐずぐずだけどってね」

飲むかと、お京が目で尋ねた。酒など飲んだことはなかったが、おるいは、ふいに飲んでみたくなった。

「それで、わたしゃね」

言いながらお京は縁のかけた湯呑み茶碗を出してきて、なみなみとついでくれた。

「ぐず豆腐でもいいと言っちまったんだよ」

秀太はいやな顔をしたそうだ。が、その秀太に背を向けていて、秀太の表情には気づいていない筈の金兵衛が、「ぐず豆腐じゃない、ちょいとぐずぐずにできちまったけどね」と言った。

「そこで、あら、そうおと終りにしちまえばいいものを、わたしゃ、だからぐず豆腐じゃないかって言っちまった。金兵衛さんは大まじめな顔で、そうじゃねえんだ、ちょいとした手違いで、ちょいとぐずぐずになっちまっただけなんだって、わたしの憎まれ口を怒るでもなく、そう言ったんだよ。ここへ引っ越してきた時は、豆腐をつくるよりほかに能のねえ男だと思ってたけど、どうしてどうして」

　秀太が豆腐屋になると言って、奉公先から戻ってくるわけだと思った。

　おるいは、湯呑み茶碗の酒を飲んだ。風通しのわるい家に置かれていたせいだろう、日向《ひなた》の盥水《たらいみず》のようなぬるさで、しかもからかった。

　おるいも竹蔵も、「ちょいとした手違いで、ちょいと畝が浅くなっちまった」と言ってやれる親ではなかった。峰松は、やはり嘘をついたのだろう。江戸で貧しいながらも所帯を持って、自分が幸せだと思える暮らしをはじめて、そこへ、田畑を耕せと言いつづけていた親を呼ぶ気にはなれないにちがいない。田畑のひろさは、おるいや竹蔵にとっては有難く、たいせつなものであっても、峰松には重荷でしかなかったのだ。

「手前《てめえ》でついでおいて言うのも何だけどさ、あんまり飲んじゃだめだよ、小母さん。明日も伜を探して歩くんだろう」

「そうですねえ」

「そうですねえって、どうしたんだよ」

「峰松は、探されるのがいやなのじゃないかと思って」

「そんなことない」

「でも、本所にいるなんて、嘘じゃないかと」

「そんなことないって言ってるだろ」

ふいに、お京の声が高くなった。

「そんなこと、あるわけない。伜が嘘をつくなんて、そんなこと、あるわけないじゃないか」

お京は手に持っていた湯呑みを畳へ投げつけて、おるいに背を向けた。赤茶けて破れの目立つ畳はたちまち酒を吸い、お京の背は大きく波打った。泣き出したのだった。

「家を飛び出した伜や娘だって、親が迎えにきてくれるのを待ってるんだよ。迎えにきてくれた親に、堪忍してと、あやまりたいんだよ」

「ごめん、お京さん」

「いいよ。だけど、今夜はさっさとめしを食って帰っておくれ」

おるいは、畳の上にならべられた皿や茶碗や丼を眺めた。酒を飲む気など失せていたし、もうご飯も食べたくなかった。ただ、ちらかしたまま帰ってよいものかと思ったが、お京はこのあとも酒を飲みつづけるかもしれないと思った。飲みつづけて、部屋の隅に横になって眠ってしまうにちがいなく、そうなってから片付けにこようと思った。

おるいは、そっとお京の家を出た。自分の家の戸もできるだけそっと開けて、そっと部屋に上がった。

疲れていた。たたんで隅に寄せてある夜具に軀をあずけたが、疲れ過ぎて頭が痛いような気がした。が、少なくとももう一刻《いっこく》くらいは起きていて、お京の家へ片付けに行ってやらねばならなかった。

夜具に寄りかかっていたつもりだが、いつのまにか、うとうととしていたのかもしれない。たてつけのわるい戸を強引に開ける音に驚いて軀を起こすと、お京が、半分ほど開けた戸の向こうに立っていた。

「小母さん、寝てたの」

「ええ、――いえ、起きてましたよ」

「ご飯、食べなかっただろ。おむすびにしてきた」

おるいは、あわてて土間に降りた。戸の向こう側に立っていても、お京からは酒のにおいがした。

「倅は探してやりなよ」

「ええ。そのつもりでいます」

「ま、小母さんが探す気にならなくっても、木戸番小屋の笑兵衛さんやお捨さんが、探してくれるにちがいないけどさ。あの人達は、あてにしてても大丈夫だから」

「お京さんの親御さんは」

「わたしの親？」

お京は、酒臭い息を吐いて笑った。

「わたしは、まだいいよ。親は村から動こうとしない。いくら笑兵衛さんやお捨さんがお節介でも、なかなか鴻巣の先までは行かれないもの」

おるいは、にぎりめしを受け取った。

「あの、お京さん」

「なに」

「お京さんの親御さんを、わたしがたずねて行ってもいい。峰松が見つかってからのことだけど」

お京の口許に、かすかな笑みが浮かんだ。

「そうなるのを待ってるよ」

障子はお京の方が閉めた。


翌日、狭い木戸番小屋は人であふれていた。金兵衛と秀太がきている上に、弥太右衛門や書役の太九郎《たくろう》までが詰めかけていたのである。

その上、皆、興奮して頰を赤く染めていた。金兵衛に使いを頼まれた秀太が、峰松らしい男を見つけてきたのだった。

「な、おるいさんの伜に間違《まちげ》えねえだろう。名前も峰松だし、本庄の近くの生れだというし」

「間違えねえ。で、何をしていなさるのだ」

と、弥太右衛門が言う。

「魚売りだっていうんだけど」

秀太が答えた。少し得意そうだった。

「はじめはろくなものを持ってこなかったけど、今はなかなかいいものを持ってくるっていう話だった」

「とすりゃあ、おるいさんが心配しているように、貧乏暮らしをしているわけではなさそうだ」

「早くおるいさんに知らせてきねえ」

ぼそりと笑兵衛が言った。「そりゃそうだ」と弥太右衛門が踵《きびす》を返そうとしたが、苦笑いをして笑兵衛を見た。

「いないんだよ、おるいさんは。さっき、その角で会ったばかりだ」

「本所へ出かけたのか」

金兵衛が溜息をついた。

お捨は、秀太のうしろを通らせてもらって土間へ降りた。

「じきに帰ってきなさいますよ。わたし、おるいさんを待ち伏せしようと思うんですけど」

「どこで」

金兵衛も弥太右衛門も、太九郎もそう言った。お捨はえくぼのできる白い手で口許をおおい、ころがるような声で笑った。

「仙台堀の上ノ橋で。おるいさん、まだ道がよくわからないと言いなすって、必ず上ノ橋を渡って帰ってきなさるんです」

「俺も行く」

上がり口に腰をおろしていた秀太が立ち上がり、お捨は笑いながらかぶりを振った。

「少し早過ぎますよ。秀ちゃんも、お団子でお茶を飲んでいらっしゃい」

秀太は、笑兵衛や金兵衛、それに弥太右衛門と太九郎を見まわして、嬉しそうにうなずいた。大人の仲間入りができたと思ったのかもしれなかった。

第六話　食べくらべ

長居をしたわけではないのだが、佐賀町で気儘《きまま》な暮らしをしている後家に仕立て物を届けて帰ってくると、中島町澪通《なかじまちょうみおどお》りの木戸《きど》番《ばん》小屋の前で暮六つの鐘が鳴った。

一昨年《おととし》の今頃は、夕七つの鐘が鳴ったあとに家を出て佐賀町へ行き、話し相手にだけは不自由していないという後家のお喋《しゃべ》りを四半刻《しはんとき》ほど聞いて、それから次の仕立て物の注文を聞いて帰ってきても、いろは長屋の家に反物《たんもの》を置き、手足を洗う井戸端の前で暮六つの鐘を聞いたものだった。

佐賀町の後家は、このあたりでは名の知れた干鰯《ほしか》問屋《どんや》の内儀だった女で、嫁との折り合いがわるいため、そろそろ腰や膝に痛みの出てくる五十四になっても店へは戻らぬのだという。

「これだけが、わたしの楽しみ」と、おはんが仕立てた着物を着て、浅草や両国あたりへ出かけているようだった。嫁に不満な同じ年頃の友達もいるというのだが、「それが、近頃は孫と遊びたさに嫁の意地悪さに目をつむるようになってねえ」と、なお不満がたまっているらしい。

それでも、後家の愚痴が四半刻で終わるのは、おはんがいそがしいと知っているからだろう。そろそろ四半刻というあたりで話をとめて、「もう帰らなくってはいけないんでしょ」と、おはんの顔をのぞき込むのである。

半月ほど前にも仕立て物を届けに行って、今日は反物をあずかってきた。半年前も暮六つの鐘を木戸番小屋の前で聞いたが、それから昼の時間が少しのびている筈《はず》である。のんびりと歩いてこなかったつもりだし、暮六つの鐘は家に着いてから聞えてもよい。なのに今日も鐘は、木戸番小屋を少し通り過ぎたところで鳴った。おはんの足が衰《おとろ》えてきたとしか思えなかった。

「わたしも、三年後には五十だものねえ」

四十七と五十という言葉の響きには、かなりの違いがある。おはんはわざと五十という言葉を口にして、肩をすくめた。

そうは見えないと、いろは長屋の住人達は言ってくれる。佐賀町の後家も、「わたしより七つも若いし、見た目だったら十五くらいは若いのじゃないかねえ」と、羨《うらや》ましそうに溜息をつく。

「でも、足は遅くなっちまった。走ることにかけては、子供の頃なんざ男の子にも負けなかったのに」

これほど足が遅くなると、見えない軀《からだ》の中も衰えているのではないかと心配になってくる。

「あら、おはんさん。今お帰りですか」

若々しい声が聞えた。木戸番女房のお捨《すて》の声だった。ふりかえると、ちりとりを持ったお捨が、小屋の横にある路地の前に立っていた。大柄で、ふっくら太っていて、おはんより一つか二つ年上の筈だが、どうかすると三十七、八に見える時がある。

「ご精が出ますことねえ。でも、暑くなってきましたから、あんまりごむりをなさいませんように」

「有難うございます。ほんとにやっと梅雨《つゆ》が晴れたと思ったら、急に暑くなりましたものねえ」

そう言いながら、おはんは、昼下がりの八《や》つ時《どき》に、外へ出て行くのをためらったことを思い出した。佐賀町の後家が「おはんさんの仕立てはいい」と褒《ほ》めてくれたようで、後家の家の近くに、時折仕立て直しを出してくれるところができた。
二、三日うちに寄ってくれという知らせがあったので、一昨日、昼のうちに出かけてしまおうと思ったのだが、大通りの瓦屋根で跳ね返っている陽射《ひざ》しを見ると、おはんの干物《ひもの》ができてしまいそうな気がしたのだった。

「今度、お暇な時にぜひお遊びにおいでなさいまし」

「有難うございます。でも、木戸番の笑兵衛《しょうべえ》さんは、昼間、お寝《やす》みなんでしょう」

「それが」

お捨はふっくらと白い手を口許《くちもと》に当てて、ころがるような声で笑い出した。

自身番屋《じしんばんや》には町内の家主が詰めることになっているのだが、ほとんど差配《さはい》がそのかわりをつとめている。いろは長屋の差配、弥太右衛門《やたえもん》も、当番の時は家主のかわりに自身番屋に詰める。弥太右衛門の将棋好きは長屋の住人にも知れわたっていて、相手をさせられてはたまらないと、しのび足で木戸の出入りをする者もいるほどだという。

その皺寄《しわよ》せが、笑兵衛にきているようだった。

「笑兵衛さんは、一晩中起きていなさるというのに」

「笑兵衛も、弥太右衛門さんに起こされるのが嬉《うれ》しいようですよ」

お捨はまだころがるような声で笑っていたが、ふっと真顔に戻った。

「ま、おひきとめしてごめんなさい。これからお湯に行きなすって、お夕飯でしょう」

「ええ。少し夜なべもしようかと思って」

「あらあら、なおさら無駄口はいけませんね。息抜きする時に、お出かけ下さいな」

「ぜひ。わたし、お捨さんのお漬物を食べたいんです。長屋のおけいさんが、あんなにうまいものはないって言ってなすったんですよ」
「ええ、そんな」
お捨のぬけるように白い頰《ほお》が、薄桃色に染まった。きれいな人だなと、あらためて
おはんは思った。
「恥ずかしいけど、嬉しい。わたし、もう今日から腕まくりをしてお漬物をつくりま
す」
「あのね」
おはんは、足の衰えも三年後には五十になることも忘れた。
「わたしも、お漬物が得意だったんです。亡くなった亭主が好きだったものですから」
「まあ。それじゃ、おはんさんの方がお上手《じょうず》ですよ。うちの笑兵衛はあの通り無口で、
ご飯もおいしいのかまずいのか、黙って食べているんですもの」
「いえ、きっとお捨さんの方がお上手です。だって、亭主が逝《い》っちまってから、漬物
なんざ面倒になっちまって、胡瓜《きゅうり》や茄子《なす》の塩もみばかり食べているんですよ。胡瓜に
お味噌をつけて嚙《か》じったこともありますし」
「わたしも、胡瓜にお味噌は好きですよ」
「今に蟋蟀《こおろぎ》になっちまうって、あの世で亭主が言っているかもしれません」

「だったら、おはんさんが少しお暇な時を教えて下さいな。おけいさんと三人で、お漬物の食べくらべをしましょう」

「まあ、安い食べくらべ」

おはんもお捨と一緒に笑った。中島町へ越してくる時に漬物樽も処分してしまったが、佐賀町の後家の実家は空樽《あきだる》問屋だった。木戸番小屋のお捨と漬物の腕を競うのだと言えば、空樽を用意してくれるだろう。それに、漬物など女中につくらせているにちがいない後家も、「つくれなくても食べることはできる」と、仕立ておろしの着物を着て木戸番小屋へあらわれるかもしれなかった。

「楽しみができました。早くこの反物を仕立てて、食べくらべをすることにします」

「ほんと。わたしも楽しみ」

おはんは、お捨に軽く頭を下げて早足になった。小屋から出てきた木戸番笑兵衛の姿が目の端に映ったが、おはんの足は近頃になく早く動いていた。「おはんさんかえ」という笑兵衛の声も、はるか遠くで聞えたような気がした。

仕立て直しを出してくれる佐賀町の女、おすえから、至急きてくれという使いがきた。おすえも一人暮らしだが、干鰯問屋の後家のように女中をおいての悠々自適というわけではなく、使いにきたのも、たまたまご用聞きに行ったという酒屋の小僧だった。

小僧の機嫌がわるいのは、五合ほど届けておくれという注文をとり、店へ戻ろうとしたところへ中島町まで行ってくれと頼まれたせいだろう、おはんはそう思っていた。小僧に駄賃をやり、やりかけの仕事をとりあえず部屋の隅に片付けて、急いで出てきたのだが、機嫌のわるいのはおすえの方だった。

「あんまり腹が立ったんで、酒屋の小僧さんに八つ当りしちまったんだけどさ」

と、おすえは、おはんを表口の三和土《たたき》に立たせたまま言った。

「おはんさんは、幾つだったっけ」

「四十七ですけど」

「あら」

わざと驚いてみせたらしい。おすえは、首をすくめておはんを見た。

「わたしより一つ若いんだ」

おはんは、口のなかで「すみません」と言った。おはんは三十四、五と見られることが多いが、おすえは、どうかすると干鰯問屋の後家よりも老けて見える。おすえの年齢《とし》を聞いた後家が、「あらまあ、わたしと同い年《おないどし》かと思った」と言ったこともある。が、四十を過ぎれば四十七も八も、さしてちがいはない。しかも、同じ一人暮らしなのだ。おすえの見た目がどうであろうと、仲良くしていたいと思う。

「だったら、こんなしくじりをするなんて早過ぎやしないかえ」

「え、何かありましたかえ」

「あったどころじゃない、これをご覧な」

おすえは、おはんに上がってくれとは言わず、自分が茶の間に入って行った。すぐに戻ってきて、掌《て》にのせてきたものを見せる。赤い玉のついた待針《まちばり》だった。

「これがどこに入っていたと思いなさる」

おはんの背を悪寒《おかん》が走った。

「まさか」

「その、まさかさ。着物の中、それも背縫いに入っていたんだよ」

「ばかな」

そんな言葉が飛び出した。信じられなかった。

仕立て直しを内職にする女達が、急ぎの夜なべ仕事で、つい針を縫い込んでしまったという話は時折耳にするし、縫い込まれた針が腿《もも》を刺したという噂《うわさ》も聞いたことがある。が、おはんは、念を入れた上にも念を入れて、縫い目を指でこすってみたり、陽にすかしてみたりして、針が入っていないかどうかを確かめているのである。

「おちよさんも、はじめはそんなことを言ってなすったよ」

と、おすえが言った。おはんは、つい先日、仕立て直しで生計をたてている仲間達と、耳に入ってきたおちよの噂を話し合ったことを思い出した。

おちよの名を出したのは、おひさだった。

「おちよさんも年齢《とし》だねえ。男にひけをとらない腕前だとか、おちよさんの仕立ては糊《のり》がきいているように、ぴしっとしてるとか言われたのは、ついこの間のように思えるけどさ」

おひさは、身内の話をするような暗い表情だった。

「それが、この間ばったり出会ったら、杖《つえ》をついていなさるんだよ。もう、お針なんざできないって、苦笑いしてなすったけど」

「ほんと、おちよさんが待針を縫い込んだって聞いて、びっくりしたのは昨日のことのようだけどさ。もう丸二年、いや三年もたつんだねえ」

「そうなんだねえ。待針の入っていたのが、一度であればうっかりしたですむけど、二度三度と重なっちまっては年齢《とし》のせいだと思うほかないって、佐賀町のあの口やかましい女は何てったっけね、ええっと、そうだ、おすえが言ってたっけ」

「おすえか。あれでも客なんだから、おすえさんって呼ばなくってはいけないんだろうけど。今、おすえの仕立て直しをひきうけてるのは、おはんさんだろう」

「そうだけど」

「気をおつけ。おすえは難癖をつけるにきまってる。何にも言われたくないと、ほかの仕立て物より気を遣うと、どういうわけか、しくじっちまうんだよ」

「おちよさんもそう言ってたよ。何のかのと言われて気がくさくさしたら、わたし達に言うといいよ。ばかやろうの一言で、気が晴れることだってあるんだから」

そのおすえが、おはんの手の上に移った待針を見ながら顔をしかめている。

「ほんと、気をつけておくれよ。仕立てを頼んで怪我をしたなんざ、笑い話にもなりゃしない」

「申訳ないことをしました。すみません」

充分に気をつけたつもりだった。おひさはおすえが難癖をつけると言っていたが、まさかおすえも用意していた待針を見せて、これが入っていたのだと言ったりはすまい。

「おちよさんが待針を縫い込んだのは、確か、五十になってからだけどね」

おちよは、富吉町《とみよしちょう》に住んでいた女だった。裁縫は父親から仕込まれたとか、若い頃に呉服屋から頼まれたこともあるというのが自慢で、おはんが深川へ越してきた頃は、おちよさんに頼んでいるからと、なかなか注文をとることができなかったものだった。が、中島町澪通りの木戸番小屋でおちよに会い、来《こ》し方《かた》を話すと、おちよが内職の仕事をゆずってくれた。おはんの身の上が、おちよにそっくりだというのである。

おはんは、二十二で亭主に先立たれた。亭主は幼馴染みの簞笥職人《たんすしょくにん》で、二十三で独り立ちし、一年たった時の急死だった。恋い焦がれて一緒になっただけに、あとを追うことも考えたが、三つになる伜《せがれ》がいた。

伜は飢えさせるわけにはゆかない。お前はほんとうに器用だと母にも伯母にも言われていたことを思い出し、仕立て直しをひきうけることにした。ただ、あの頃、細々とながら伜と生きられたのは、当時まだ生きていた父の助けがあったからだろう。

ところが、その伜が十八で喧嘩にまきこまれて逝ってしまう。居合わせた伜の仲間が、相手が無茶な言いがかりをつけてきたのだと言ってくれたが、伜が黙って殴られていたわけがない。伜は、あまりたちのよくない若者達ともつきあうようになっていたのだった。

「お前さんも苦労したんだねえ」と、おちよは言った。境遇が似ていると言ったが、おはんは、正反対だと思っている。おちよの場合は、亭主がおちよの腕をあてにしてまるで働かず、二人の間に生れた男の子は親孝行で、左官になったが二十であの世へ旅立ってしまったというのである。

「亭主から去り状をとるのが一苦労でね」

と、おちよは笑った。が、おはんは、亭主と別れようなどとは夢にも思ったことがない。共白髪《ともしらが》まで添い遂げたかったのだ。

「でも、お前だって一人暮らしじゃないか」

そう言われると、返す言葉はなかった。当時から仲のよかった相川町のおひさも大島町のおりゅうも、亭主に死に別れたり、婚家を飛び出したりと理由はさまざまだが、自分の持つ縫針《ぬいばり》で自分の暮らしをたてているのである。

「それにしても、おちよさんが老け込むのは早かったね」

と、おりゅうは言っていた。

「おはんさんも縹緻《きりょう》よしだけど、おちよさんだって若い頃は満更《まんざら》じゃなかったと思うよ。江戸は女が少ないんだし、いい人は見つからなかったのかねえ」

「そりゃお前、おちよさんは男に懲《こ》りてなさるんだよ。いくら江戸は女が少ないっていったって、いい男の数だって少ないからね。いい男にあたるのは、富籤《とみくじ》のようなものだ」

「ほんとにそうだねえ。亭主がよくっても、伜の嫁に意地悪をされて、一人暮らしになっちまった干鰯問屋のご隠居さんのようなお人もいなさるし」

「それならいっそ、一人で暮らしていた方がいいってことかねえ」

「でもさ、それもこれも自分が働けるうちだよ」

そうなのだ。あれほどの腕の持主だったおちよですら、年齢《とし》には勝てなかった。五十過ぎまで針を持っていたというが、待針を縫い込むどころか、終《しま》いには縫針をつけたまま客に渡すようになってしまったらしい。軀も心も疲れはててしまったのかもしれなかった。

「わたし達なんざ、おちよさんほどの腕がないんだからね。しくじらないうちに、せっせと夜なべでも何でもして、しくじるようになったら、さっさと仕事をやめられるくらいにしておこうよ」

「まったくだ」

と、おひさとおりゅうは言ったが、おはんにそれほどの蓄《たくわ》えはない。もっとも、仲間の二人も、蓄えなどないにひとしいようだった。

あの時、ふいに静かになってしまったのは、子供のない淋《さび》しさが襲いかかってきたからだろう。もっとも、口から出てくる言葉は「ない子に泣きをみない」とか、「男の子なんざ、嫁にとられるために生むようなものだ」とか、強気なものばかりではあったが。

「困ったものだね」

おすえの言葉で、おはんは我に返った。

「ま、誰でも年齢《とし》はとるんだけどね。わたしもね、お燈明《とうみよう》を上げようとしていた時に火口《ほくち》売りがきてさ、持っていた火打石を表口のここに置いて飛び出しちまったんだね、火口は買ったが火打石がないと、一日中探していたこともある」

「すみません」

「ここであやまることはないけど、でも、お前さんは仕立てが商売だろ。商売をしくじって、年齢《とし》のせいです、すみませんでは、しくじられた方が困る」

「すみません」

「とにかく、その待針は返すよ。待針を出すので背縫いをほどいた分は、お前さんが縫いなおしておくれ。明日の朝までにできるだろ」

干鰯問屋の後家の着物も明日までの約束だったが、うなずくほかはなかった。

いろは長屋は静まりかえっている。先刻、隣りに住んでいるおけいと勝次《かつじ》夫婦《ふうふ》の子のむずかる声が聞えたが、おけいが乳を含ませてやったのかもしれない。大きな泣声を響かせることもなく、すぐに静かになった。

おはんは、かすんできた目をこすった。これも昔はなかったことだった。亭主の亮《りよう》吉《きち》に逝かれてまもない頃は、夜なべ仕事のつづくのがめずらしくなく、疲れがたまって肌に紙を貼られたような気がしたこともあったが、目も頭もはっきりとしていたものだった。

少しでも横になるつもりで、夕飯を食べたあとに敷いておいた寝床をちらと見た。一刻《いつとき》ほど眠りたかったが、眠ってしまえば起きられなくなることはわかっていた。

それにしてももと思った。待針一本を取り出すのに、背縫いをすべてほどくことはないだろう。ほかにも入っているのではないかと心配になったからとおすえは言うのだが、ことによると、おひさやおりゅうが「ばかやろう」と言うだけで気持が晴れるというのは、これまでにもこういうことがあったからかもしれなかった。

待針をうってあるところまで縫針をすすめ、待針を抜いて、縫ったあとを幾度も撫《な》でる。おすえが口やかましい女であるとはおちよも言っていたので、おすえから出される仕立て直しは、他の人より注意をしていたつもりだった。今のように、縫ったあとを指で撫でてもみたし、縫い上がったあとも、針の先が出てくるようなことはないか、ためしてみた筈なのである。

待針は、決してあるわけのないものだった。あるわけのないものだったが、あったのだ。赤い玉のついた待針は、おそらく、おひさもおりゅうも使っている。が、おすえの仕立て直しは、おはんがひきうけていたのである。赤い玉の待針は、おはんが見逃してしまったにちがいなかった。

「まだ、一度だからいいけどさ」

と、おすえはおはんにも言った。

「これが、二度三度となると、おちよさんの二の舞いだよ。誰も、お前さんに仕立てを頼まなくなるよ」

その通りだと思う。うっかりすると縫っている者の指先まで刺す針を、人の着物に残しておいてよいわけがない。仕立てを頼んだ人は、用心もせずにその着物を身にまとうのである。

それはわかっている。それはわかっているのだが、おはんには、いつ抜き取るのを忘れたのか、まるで覚えがない。

それがこわい。そこに待針があったという覚えがないからこそ背縫いに残っていたのだろうが、こうして幾度も指でこすった上に、縫い目をそっと揉《も》んでみて、異物がないかどうかも確かめているのだ。

何もなかった。今でもそう思う。だが、待針は入っていた。

指に何かさわったのに、わたしが感じなかったのかしら。

まさか。赤い玉が触れたのに何の感触もないと思ってしまうほど、指も頭も衰えてはいない。衰えてはいない筈だが、おはんは今年四十七だ。

干鰯問屋の後家が隠居の身となったのは、四十の時だったという。亭主が四十五で店の采配を倅にゆずり、自分は好きな釣りを楽しむことにしたからだという。

「商売が干鰯でしょう。遠いところからお客様がおみえになりますしね、そのお相手をするのが、こう言っては何ですけれども、気を遣いましてね。それがなくなるのは有難いと思ったのですけれども」

張り合いも一緒になくなってしまったという。

「佐賀町のおかみさんは、よく気のつくお方だなんて言われるのが嬉しかったんでしょうね。それに、いつも品のよいお召し物でなんて言われてね、気をよくしていたんですよ」

だが、亭主は隠居して、毎日のように釣りへ出かけて行くようになった。伜は先代以上に商売熱心と評判で、嫁も、遠来の客をもてなすことにかけては後家よりもうまいかもしれないそうだ。

わたしの居場所がなくなったと、後家は苦笑した。亭主は、釣り仲間と料理屋へ寄って帰ってくる。伜も問屋仲間の寄り合いのほか、客を料理屋へ連れて行く。夕飯は女中達と一緒にとっていたのだが、嫁が孫達と居間でとるようになったので、女中達も後家がそばにいるのを迷惑がるようになった。

後家も、夕飯を居間でとることにした。惣菜は、子供が好む甘い卵焼のようなものばかりが出るようになった。醬油《しょうゆ》を取りに行っても、女中達が楽しげに笑う声を聞くと、その邪魔をするのは申訳ないような気がして戻ってきたという。

その上、居場所がなくなると、嫁のいたらなさが目につくようになった。客のもてなしぶりにも、「何とまあ、調子のよいことを」とけちをつけたくなる。可愛くてならない孫の躾《しつけ》にも、不満を言いたくなった。

「でも、小意地のわるい姑《しゅうとめ》だと言われるのが、いやなんですよ。で、着物を誂《あつら》えては同じ年頃のお人と出かけることにしたのだけど、年寄りのくせに浮かれて出かけるのはやめてくれと、伜に叱られてねえ。そのうちに、亭主があの世へ逝っちまうし」

おちよから干鰯問屋の後家を紹介された頃は、後家の愚痴が鬱陶《うっとう》しかった。が、かすんでくる目をこすりながら、仕立て直しの縫い直しをしている今は、後家の言葉が身にしみる。

「こうやって、たくさん着物をつくらせてもらっているけど、お友達も少なくなっちまったし、見せる相手は、出かける先の番頭さんや手代さんばっかりでね。反物を買った日本橋の越後屋さんに出かけて行って、着物を褒めてもらいながらまた反物を選んでって、まったく、長生きをして何をしているんでしょうね」

まったく、長生きをして何をしているんでしょうね。

亮吉が他界した時には伜の亮太郎がいた。亮太郎を一人前に育ててやらねば、せっかく生まれてきてくれた亮太郎に申訳なかったし、大きな病気もせずに育って行く亮太郎を見るのが楽しみでもあった。これも書けるようになったと亮太郎が反故紙に書いた文字を見て喜び、あぶないからとなかなか持たせてやらなかった庖丁《ほうちょう》で器用に葱《ねぎ》をきざむようになったのを、嬉し泣きをしたいような気持で眺《なが》めていたものだった。

亭主の亮吉は、怒ったことがなかった。所帯をもった時はまだ、親方の仕事場で働いていたが、仕事がいそがしく寝不足の赤い目で早朝に帰ってきた時ですら、不機嫌な顔を見せなかった。

夜通しの仕事のない時は、駆足のような早足で帰ってきて、表口の戸を開けるなり「湯屋だ、湯屋だ」と言った。夕飯の前に、おはんと一緒に近くの湯屋へ出かけて行くのである。番台にいる湯屋の亭主も万事心得顔に湯銭をうけとって、おはんが湯から上がると、二階への階段に腰かけているらしい亮吉に、「はい、お待遠《まちどお》」などと声をかけてくれた。

おはんは、すぐにみごもった。一合ほどの酒に酔いつぶれてしまう亮吉の鼾《いびき》を聞きながら、おはんは、近所の人達からもらった洗いざらしの浴衣《ゆかた》で生れてくる子の襁褓《むつき》を縫った。幸せだと思う必要もないほど幸せだった。

亮太郎が生れた翌年、亮吉は独り立ちをする。借りていた仕舞屋《しもたや》の一階を仕事場に変えさせてもらって、十一歳になったら子を弟子入りさせる約束をとりつけた。

すべてが順調だった。

が、その翌年、亮吉があっけなく逝き、十一歳で亮吉の友人の箪笥職人にあずけた亮太郎も、喧嘩にまきこまれて命を失ってしまう。しかも、亮吉も亮太郎も、おはんがどれほど好いていて可愛がっていたか知っている筈なのに、自分達の住んでいるあの世へおはんを呼んでくれない。

だから、こんなに年齢《とし》をとっちまった。

いったいわたしは、何のためにこんな夜更《よふ》けまで針を動かしているんだろう。口やかましくって、いやみばかりのおすえに頭を下げて、仕立て直しの仕事をもらってくるんだろう。

明日の米代と味噌醤油、干物と青物代を稼ぐためだろうか。おちよのように針がもてなくなった時にそなえて、多少の蓄えをつくっておくためなのだろうか。

それならば、こんなに働かなくてもいい。おはんは、亮吉と亮太郎と暮らしたいのである。あの世の亮吉と亮太郎のもとへ行きたいのである。亮太郎が命を落とした時に、なぜそのあとを追わなかったのだろう。

もういやだ。

おはんは、仕立て直しの縫い直しを部屋の隅へ放り投げた。

が、仕立て直しをひきうけたのも、赤い玉の待針を背縫いに残してしまったのも、明日の朝までに縫い直すと約束したのも、おはんだった。おはんがひきうけて、おはんがしくじり、おはんが約束した仕事を放り出すことはできなかった。

おはんは放り出した着物まで這《は》って行き、坐っていた場所までひきずってきた。

「やだ、やだ。この年齢《とし》になってまで、何で夜なべ仕事をして暮らさなければならないんだろ」

だが、仕事は仕事だった。おはんは、縫い直した部分に幾度も指を這わせ、細かく揉んでみて、待針の玉も針先も指に触れぬことを確かめてから、最後に返し縫いをして糸をとめた。

おすえの着物を衣紋掛《えもんか》けにかけ、先に仕上がっていた後家の着物とならべて長押《なげし》にかける。眠くて気が遠くなりそうだったが、帯をといて横になると、天井を鼠《ねずみ》が走る音や風の音が耳について、すぐ目が覚めてしまう。

「このまんま、病気にでもなっちまわないかしら。人の着物を縫いながら長生きしたって、面白くも何ともないもの」

明朝、もし自分が息をひきとっていたならば、おすえの仕立て直しと干鰯問屋の後家の着物は、おひさが届けてくれるだろうか、それともおりゅうが行ってくれるだろうかと思いながら、おはんは寝返りをうち、風の音に耳をふさいだ。

昨夜も眠れず、寝返りをうっているうちに夜が明けた。澱《おり》がたまってしまったような口をすすぎ、重たい軀を動かして七輪《しちりん》を路地へ出して火をおこしていると、煙の向こうで声がした。隣家のおけいだった。

「小母《おば》さん、顔色がわるいけど大丈夫？」

「ああ、ゆうべ、ろくに眠れなかったんだよ。それで、ちょいと頭が痛いんだけど、そんなにひどい顔をしているかえ」

「いえここ二、三日、お見かけしなかったから」

「そういえば、おけいちゃんとは会わなかったねえ。いそがしくって、わたしがうちに籠《こ》もっていたせいかもしれない」

「昨日の夕方にのぞいてみたんだけど、いなさらなくって。おいそがしいんだろうなとは思っていたんだけど」

おけいは煙を避けたのか、おはんの隣りへきて蹲《うずくま》った。

「よかったら、わたしが火をおこしてあげる」

「大丈夫だよ。ちょいと頭が痛いからって、休んじゃいられない」

「小母さん、すごいのねえ」

そう言いながら、おけいはおはんの手からうちわを取った。七輪へ風を送って火をおこしてくれる。

「あのね、お願いがあるの」

「あらたまって何だえ」

「あとで、小母さんがご飯を食べおえた頃に行ってもいいかしら」

「かまわないけど、今でもいいよ。あとは、おみおつけをつくるだけだから」

「よかった」

おけいは、寝起きのわるい子を叱《しか》っている向かいの女房の声を気にしたのか、おはんに軀を寄せてきた。赤子を生んでから太ったというおけいの肩が、おはんの肩に触れた。

「あのね、図々しいって言われそうなんだけど」

「そんなこと、おけいちゃんに言やしませんよ」

「でも、二つもあるの」

いそがしさにかまけて軒下に放り出しておいたので、薪《まき》がしめっていたのだろう。なかなか炎だけになってくれず、その煙が向きを変えた。おけいは、持っていたうちわでおはんの前へきそうな煙を追い払ってくれる。おはんは、若い女に頼まれるようなことが、自分に二つもあるだろうかと思った。

「わたしにできればいいけど。わたしはもう年齢《とし》だからね」

「何を言ってなさるの。小母さんは若いし、それに小母さんがいなさらないと、わたし、おいしい漬物がつくれないもの」

「漬物？」

「あら、小母さん、忘れなすったの。木戸番の小母さんとこで、漬物の食べくらべをしようって話になったでしょう。わたしもお仲間に入れてもらったの」

「あ、そんなことあったねえ」

忘れていたわけではなかったが、干鰯問屋の後家に仕立てをいそいでくれと言われていたし、それが仕上がる前に、佐賀町のおすえに呼ばれ、待針が入っていたと叱られた。残っている待針を見逃したのは年齢《とし》による衰えだろうと思えば気が重く、食べくらべの漬物など、どうでもよくなっていたのだった。

「わたしね、ずるをしたいの」

「ずるって」

「小母さんにおいしくする秘訣を教えてもらいたいの、木戸番の小母さんには内緒で。だって、木戸番の小母さんったら、差配さんのおかみさんだけじゃなく、おちよさんやおひささんや、おりゅうさんにまで声をかけたって言いなさるんですもの」

やっぱり、と、おはんは口の中で言った。

「まあ。木戸番小屋に入りきれなくなっちまう」

「でも、大勢の方が楽しいでしょう。木戸番の小父さんは、自身番屋へ行くことにな

い。
おけいは懸命にうちわを動かしているが、七輪の薪は、いっこうに燃えようとしな
りそうだけど」
「小母さん、この薪、こんなに濡れてる。これじゃだめですよ。今、かわいてるのを
持ってきてあげる。板《いた》の間《ま》に積んでおいたの」
「すまないね」
おけいはうちわをおはんに渡し、どぶ板の上を駆けて行った。
すぐに戻ってきて薪を入れかえる。おはんの薪は路地に投げ出されても煙をあげて
いたが、おけいの持ってきた薪はすぐに赤い炎をあげて、その上に置かれている炭を
赤くした。
「助かったよ。どうも有難う」
「とんでもない、お互い様」
おけいは、煙がしみた目をこすっているおはんを見て笑った。
「わたしは漬物のこつをそっと教えてもらうんだもの。うちの勝次は、わたしがびり
にきまってるって言うの」
「わたしも、ずいぶん怠《なま》けているけれど。昔は折釘《おれくぎ》をきれいに洗ってね、糠《ぬか》の中へ入

れておきましたよ。釘は、佐賀町のご隠居さんとこにあったと思うから、もらってきてあげる」

「嬉しい」

「もう一つは何」

「あのね、お裁縫を、教えてもらいたいの。小母さんのお邪魔にならない時に、ほんのちょっとの間でいいから。わたし、子供の着物を縫ってやりたいの」

おけいの子には、おはんが着物を縫ってやるつもりだった。喜んでくれるにちがいないおけい母子《おやこ》の顔を見るのがささやかな楽しみだったが、おけいも自分の子に着物を縫ってやりたいだろう。

「いいよ。子供が寝た時にでもくればいい」

「よかった。わたし、おっ母さんと早く死に別れたものだから、お裁縫を教わる暇がなかったの」

「だったら、もっと早く言えばいいのに」

七輪にかけた鍋が煮立ってきた。おはんはあわてて鍋をおろし、味噌をとりに立ち上がった。気がつくと、しめつけられるようだった頭の痛みが消えていた。

いつものように洗濯と掃除をすませ、干鰯問屋の後家に紹介された伊沢町の蕎麦屋《そばや》の女房をたずねて行くつもりで家を出た。いつものように木戸番小屋の前に高箒《たかぼうき》を持ったお捨が立っていて、いつものように自身番屋の前に出て、腰を叩《たた》いたり伸ばしたりしている弥太右衛門と世間話をしていた。

挨拶をして通り過ぎようとすると、赤ん坊を背負い、小さな風呂敷包みをかかえたおけいが小屋の中から出てきた。鼻紙でも買いにきたのかもしれなかった。おはんは足をとめた。

おけいが唇に指を当てて、ちらとお捨へ目をやった。漬物のことは内緒にしてくれというのだろう。

おはんはお捨に気づかれぬようにうなずいて、「今日も暑くなりそうですねえ」とお捨と弥太右衛門に声をかけた。

「ほんと、朝からこの日照りですものねえ」

と、お捨が言う。

「何、暑い暑いと言っているうちに涼しくなるさ」

弥太右衛門は胸を張ってみせたが、おけいが「あら」と首をすくめてみせた。

「暑い、暑いって大騒ぎするのは差配さんなのに」

ころがるようなお捨の笑い声に、おけいの背中の赤ん坊が目を覚ましたようだった。お捨はあわてて口許を両手でおおい、おけいは、むずかりはじめた赤ん坊を揺すり上げた。「またあとで」と挨拶をして、赤ん坊をあやしながら歩いて行く。赤ん坊を背負っているのに、少し前のおはんと同じくらいの早さかもしれなかった。

「若いっていいですねえ」

と、思わずおはんは言った。

「おけいちゃんを見ると、羨ましくなる」

「何を言ってなさるんですか」

お捨は、えくぼのできるふっくらとした手をおはんの肩にのせた。

「順番ですよ。わたしの次がおはんさん、おはんさんの次がおけいちゃん。ここは少し間があいていますけど」

「それはわかっているんですけど」

わかってはいるのだが、おはんはまだ、自分が年齢《とし》をとることに納得できない。

「それより、そろそろお漬物の食べくらべをはじめませんか」

おはんは、佐賀町の後家にもらった釘をおけいに渡してやった時を思い出した。おけいは小判でももらったような喜びようで、その日の夕飯に誘ってくれた。赤ん坊が始終むずかって、おけいは立ったり坐ったりしていたし、勝次は、干物となまりときゅうりの酢のものに味噌汁という夕飯を「お粗末だ」と恥ずかしがっていたが、おはんは、ひさしぶりにうまい夕飯を食べたような気がした。

「ごめんなさい、お捨さん。わたし、空樽はいただいたんですけれど、そのほかは何も用意してなくって」

「そりゃそうですよねえ、おはんさんはおいそがしいもの」

「いいえ、今日から用意します。少しでも年齢《とし》をとらないうちに」

そんな言葉がすらりと出た。亮吉と亮太郎の姿が目の前をよぎったような気がしたが、この分なら何とかやってゆけそうな気がした。子供の着物を縫えるようになりたいと、おけいはおはんを頼りにしているのである。

「よかったら、帰りにお寄りなさいまし」

声をかけてくれたお捨に頭を下げ、木戸番小屋の角を曲がると、仙台堀《せんだいぼり》からわかれて流れてくる川の水音が、いつものように高くなった。

第七話　初霜

軀《からだ》を揺すられて目が覚めた。夜通し起きている木戸番《きどばん》は、昼のうちは眠っている。もっとも、いろは長屋の差配《さはい》、弥太右衛門《やたえもん》が「笑さん、起きているかえ」と始終将棋に誘いにきて、笑兵衛《しょうべえ》の場合は眠っている方が少ないのだが、今日はめずらしくその誘いがなかったのだった。

目の覚めきれぬ頭で、もう日暮れかと思った。日暮れになっても眠っていて、女房のお捨《すて》に起こされたと思ったのだった。が、揺すっているのはお捨でも、笑兵衛を呼んでいるのは、向かいの自身番屋《じしんばんや》に詰めている書役《しょやく》の太九郎《たくろう》だった。

豆腐屋の金兵衛《きんべえ》が、隣りの家で親子喧嘩がはじまった、あれでは母親が伜《せがれ》の嘉一《かいち》に殺されちまう、早くきてくれと番屋へ駆け込んできたというのである。居合わせた弥太右衛門が飛び出して行ったが、弥太右衛門一人では頼りないと、太九郎は木戸番小屋へ駆け込んできたのだった。

笑兵衛は、お捨の差し出した着物を羽織り、帯をしめながら走った。

豆腐屋の隣りへ飛び込んだが、嘉一は、すさまじい荒れようだった。とめようとした弥太右衛門までが突き飛ばされ、壁に当ってずるずると尻餅をついていた。

いつもこんなことが繰り返されているのだろうか。

荒れる嘉一を、笑兵衛ははじめて見た。部屋へ駆け上がる筈《はず》の足が一瞬とまってしまい、その隙に嘉一は弥太右衛門の方へ這《は》って行こうとした母親のおくにの肩をつかみ、力まかせに引き倒した。うつぶせのおくにが仰向《あおむ》けになり、嘉一はその上へ馬乗りになった。

「ばかやろう。おっ母《か》さんに何てことをするんだ」

笑兵衛は跳ぶように部屋へ上がって、馬乗りの嘉一を突き倒した。

「引《す》っ込《こ》んでろ、爺《じじ》い」

これが、あの嘉一かと思った。かつての嘉一はおとなしくて、働き者だった。しかも可愛い顔をしていたので、蜆《しじみ》売りをはじめた頃などは、この界隈《かいわい》の女達が皆、その売り声が聞えてくるのを待っていたのである。

起き上がると同時に体当りをしてきた嘉一を、笑兵衛は腹で受けとめた。長い間の木戸番暮らしで、軀がなまっていたのかもしれない。嘉一の頭が腹に突き刺さったような気がしたが、こぶしをふりまわしてくる嘉一は難なく組みふせた。

嘉一は、苦しそうな顔でもがいている。おくにの目の下に痣《あざ》ができているのを見て、嘉一のそのあたりにも同じような痣をつくってやろうかと思ったが、おくには這って嘉一のそばへ戻ってきて、心配そうに嘉一をのぞき込んだ。嘉一の頭突きをうけた笑兵衛より、組み敷かれた嘉一が気になるらしい。笑兵衛は苦笑して嘉一から離れ、手をとって起こしてやろうとした。

苦しそうに顔を歪《ゆが》めていた嘉一は、軀を一回転させておくにの前へ行き、素早く起き上がっておくにを楯《たて》にした。

そのまま台所へ行って、おくにを突き放す。庖丁《ほうちょう》を持ち出すのではないかと思ったが、裸足《はだし》で外へ出て行った。

追いかけて行こうとした笑兵衛を、おくにがとめた。

「放《ほ》っといてやって下さいまし。気がむけば帰ってまいりますから」

笑兵衛が口を開く前に、ようやく起き上がった弥太右衛門が言った。

「気がむけば帰ってくるとは、どういうことだえ」

返事はない。弥太右衛門が舌打ちをした。

「そうやって甘やかすから、つけあがるんだよ。言うことをきかねえ時は、げんこつで殴ってやりゃいいんだ」

が、十六になった嘉一は、小柄なおくによりはるかに背が高い。立っている姿にはまだ幼さが残っているが、豆腐屋の井戸を借り、袖《そで》も裾《すそ》もまくりあげて手足を洗っていた時の姿からは、むっとするような男のにおいさえ感じられたものだ。おくにに殴れと言う方がむりだろう。

「嘉一の行先は、わかっているのかえ」

と、笑兵衛は言った。おくには、かすかにうなずいた。

「その辺を歩きまわって、気がすめば帰ってきます」

笑兵衛は、出入口の三和土《たたき》に降りた。嘉一を見つけるつもりだった。が、おくには、かぶりを振って言った。

「お願いですから、放《ほ》っといてやって下さいまし。とめていただいて、こんなことを言うのも何ですけれども」

「おくにさんが放《ほ》っといてくれと言いなさるなら、そうするさ。俺は帰るが、かわりに婆さんを寄越すよ」

目の下のほかにもおくにの軀には痣や傷があるにちがいなく、その手当をするのは、女のお捨の方がよい。

弥太右衛門が戸棚を開けている。夜具を敷いてやるつもりだったようだが、笑兵衛を呼んだ。壁で打った腰が痛いというのだった。

夜具を敷き、おくにを寝かせてやって、笑兵衛は外へ出た。表口からそっとようすを眺《なが》めていたらしい金兵衛が、店《みせ》へ戻って長男の秀太《ひでた》を呼んでいる。「隣りの小母《おば》さんに膏薬《こうやく》を持ってってやりな」と言う声が聞えた。

笑兵衛のあとを追ってきた弥太右衛門が、豆腐屋をのぞいた。土間に立っていた金兵衛に、「おくにさんとこは、いつからああなっちまったんだえ」と言う。

「さあてね」

金兵衛は首をかしげた。

「おくにさんの顔や腕に痣や傷があるようになったのは、ここ一月《ひとつき》のことかねえ。転んだとか棚から塩の壺が落ちてきたとか、そんなことを言ってなすったが」

秀太が、膏薬の袋と皿を持ってきた。金兵衛に言いつけられたわけではないのだが、皿に売れ残っていた豆腐と油揚《あぶらあげ》をのせて隣家へ走って行く。金兵衛は気のきく長男の後姿を、顔中に笑みをひろげて見送った。

「もっと早くに教えてくれりゃよかったのに」

「でも、おくにさんもご亭主の長《ちょう》さんも、何も言わねえんだぜ。俺が弥太さんに、実は隣りで伜が暴れてますなんて言えるかい。もっとも、妹のおそのちゃんが一度、兄さんは何とかならないものだろうかって言ってたが」

「それ、みねえな」

「と言われてもなあ」

おくには、放っておいてくれと繰返していた。金兵衛も、嘉一の乱暴をとめに行くことはあっても、おくにに頼まれれば自身番屋へ知らせに行く気にはなれなかっただろう。

「まったく、何が気に入らなくてあんなになっちまったのか」

秀太が、おくにの家から手桶《ておけ》を下げて水を汲《く》みにきた。おくにの痣をひやしてやるらしい。弥太右衛門のうしろにいた笑兵衛は、黙って店を出た。早くお捨を寄越した方がよさそうだった。


嘉一一家が深川中島町《ふかがわなかじまちょう》に越してきたのは六年前のちょうど今頃で、嘉一が十、妹のおそのは九つだったと思う。両親は今も健在と言ってよいのかどうか、彼等が「お父《とっ》つぁん」と呼んでいる長五郎《ちょうごろう》は継父《けいふ》であった。金兵衛によれば、おくにと長五郎は夫婦となってすぐ、中島町へ越してきたのだそうだ。

長五郎は、小間物売りだった。笑兵衛も無口だが、長五郎は女が相手の商売とは思えぬほど口数が少なく、得意先でも、安物の簪《かんざし》や櫛《くし》を手にあれこれ迷う女達をただ微笑して見ているらしい。妙に口が達者な人よりもいいと言う女もいるそうで、商売にはなっているようだが、売上が多い方でないのは言うまでもないだろう。

笑兵衛は、おくにがこのあたりに手跡指南所《しゅせきしなんじょ》はないかと尋ねにきたことを覚えている。仙台堀《せんだいぼり》の枝川を渡った熊井町に評判のよい師匠がいたが、おくには、かなりの束脩《そくしゅう》をおさめねばならないようでと口ごもった。

そんな評判は聞いたことがなかった。口ごもっているおくにを見て、笑兵衛はおくにが自分をたずねてきた理由に思い当った。

笑兵衛は、何人かに文字を教えてやったことがある。子供より十七、八の若者が多く、無論、束脩などはとったことがない。束脩どころか、弟子を称する若者達がくると、お捨はいそいそと茶菓子を用意し、遅くなれば夕飯まで食べさせてやっていた。おくには、そんな噂《うわさ》を耳にしていたのだろう。

嘉一と妹のおそのは、木戸番の笑兵衛が目を覚ます八つ下がりに通ってくるようになった。筆と墨《すみ》は持ってきたが、時折半紙がなかった。これもお捨が反古紙《ほごがみ》を集め、嬉《うれ》しそうに手習草紙《てならいぞうし》をつくってやった。申訳なさそうな嘉一の顔と、大喜びをしたおそのの顔をよく覚えている。

二人は、仮名ばかりではなく、むずかしい文字も書けた。おそのがふと洩《も》らしたところでは、彼女が八つになるまでは手跡指南所に通っていたという。実父はおそのが五つになった春に他界したといい、母のおくにの内職では、二人を指南所に通わせつづけることができなくなったのかもしれなかった。

長五郎と夫婦になり、中島町へ越してきても、おくには仕立て直しの内職をしていたし、嘉一は蜆を売り歩いていた。住んでいるのは裏長屋ではなく、四畳半と六畳の二間がある仕舞屋《しもたや》で、子供達のことを考えてのことなのだろうが、長五郎一人の稼ぎでは店賃をためてしまうという理由もあるにちがいなかった。

その翌年の春、嘉一は神田《かんだ》の棟梁《とうりょう》の家に住み込んで大工の仕事を覚えることになった。おくにの知り合いの棟梁が、あずかると言ってくれたらしい。

棟梁は、この木戸番小屋をたずねてきてくれたことがある。嘉一をあずかってまもないという雨の日で、中島町の三方をかこんでいる川の音が、いっそう高く聞えている日だった。

利発だし、可愛い顔立ちはしているし、気立てはいいし、仕事場へ連れて行くと、棟梁は家を建てる家主の女房や娘達が、よくお茶や茶菓子をはこんできてくれると、目を細めていたので笑っていた。仕事ぶりも真面目だし、いい大工になるだろうと、目を細めていたのである。

そんな若者が、夏も終りという頃に、ふいに荷物をまとめて戻ってきた。理由はまったくわからない。棟梁が「わけを言え」と嘉一の家にきたが、幾度尋ねても、「わけなんざ、ありやせん」と答えるだけだったそうだ。

「まったく、近頃の若え奴《わけ》は何を考えているんだか」

と、帰りに木戸番小屋に寄った棟梁は、お捨のいれた茶を四、五杯も飲んでいった。

嘉一を問い詰めて、のどがかわいていたのかもしれなかった。

それ以来、嘉一は働こうとせず、決して広くはない家で、昼と夜をとりちがえたような暮らしをしている。もっとも、夜になってから酒を飲み出すとか、賭場へ出かけて行くとか、金を遣うようなことはしていない。誰もいぬ台所で膝をかかえているとか、ふいと外へ出て行って黒江川《くろえがわ》沿いを歩いてくるとか、そんなことを繰返しているというのである。

金兵衛の話では、おくには「働く気になっておくれ」と、嘉一の枕許《まくらもと》で泣いていたという。血のつながらぬ親である長五郎は、嘉一がふいに戻ってきた時も、自分が一日の商売を終えて帰ってきてもまだ床《とこ》の中にいる嘉一を見ても、何も言わなかったようだ。が、疲れて帰ってきておくにに茶をいれてもらっているところへ、嘉一が長五郎めがけてかけていた夜具を蹴った時は、さすがに嘉一の頬《ほお》を平手で叩《たた》いた。嘉一はおくにへひややかな目を向けて、何も言わずに外へ出て行ってしまったらしい。

「長さんも、じれってえんだよ」

と、金兵衛は、長五郎が自分の身内であるかのような口調で言った。その時も自分が嘉一を叩いたことを後悔しているように、うつむいて黙っていたというのである。

「一度、嘉一に意見をしてやってくんなよ。嘉一も笑さんやお捨さんに意見されりゃ、働く気になるだろうからさ」

と、金兵衛は、自分の家の出来事のように言った。

笑兵衛がおくにをたずねて行く口実を見つけられずにいるうちに、お捨は団子《だんご》を持っておくにをたずねて行った。自分で冗談を言って、ころがるような声で笑って、眠っていた嘉一の目を覚まさせたらしい。

「嘉一ちゃんがきてくれれば有難いってお店が、幾つかあるんですけど」

嘉一は、まぶしそうに目をしばたたいていたそうだ。ただ、お捨が、嘉一を雇ってもいいと言った店の名を次々にあげても、「うるせえ」とは言わなかったが、「働く」という答えはついに返ってこなかったという。

今になれば、その頃はまだよかったということになる。嘉一がおくにを殴ったようだとは弥太右衛門が言っていたが、笑兵衛は、おくにが執拗に嘉一を揺り起こすようなことをしたのだろうと思っていた。が、今日のようすを見ると、嘉一は、おくにの愚痴や吐言《こごと》にはかかわりなく、不愉快になった時に、こぶしを振り上げているように思える。

「嘉一の言い分も聞いてみねえと」

うちへお茶を飲みにいらっしゃいと言うのは、お捨の方がいい。嘉一が「行く」という返事をするわけがないが、お捨はめげずに笑いころげ、そのうちに不機嫌な顔をした嘉一を小屋へ連れてきて、嘉一の口許《くちもと》に苦笑いが浮かぶようにしてしまうだろう。

俺の出番はねえな。

笑兵衛は、自分が引き出した答えに苦笑いをした。

「おや」

と、笑兵衛はひとりごちた。目の前の道を若い娘が走って行ったのである。

中島町の西側を流れる仙台堀の枝川にかけられている橋のうち、木戸番小屋のすぐ横から相川町へかけられている橋にはまだ名がない。が、その上流、中島町と富吉《とみよし》町《ちょう》をつないでいる橋には福島橋という名前がある。娘は、その橋を渡ってきたのだった。

夜廻《よまわ》りが拍子木《ひょうしぎ》を響かせている夜更《よふ》けである。人通りはない。娘も木戸番と顔を合わせたくなかったにちがいないが、何かがひそんでいそうな暗闇の中に笑兵衛をやりすごすまで立っていられなかったのかもしれない。

笑兵衛は、足を早めて福島橋からの道に立った。曲がり角は仕舞屋で、その隣りに金兵衛の家があり、その隣りが長五郎の家だった。

笑兵衛は、長五郎の家に近づいた。

裏口の戸の、そっと閉められる音が聞えてきた。橋を渡ってきた娘は、やはり嘉一の妹のおそのだった。

おくにと長五郎は眠っているのだろうかと思った。おそのは、子供から娘に移りかわる年頃だ。まだ幼さを持ち合わせている娘が、この夜更けに外へ出ていたのである。眠っていて知らなかったですむわけがない。

それに、おそのは、佐賀町の藍玉問屋《あいだまどんや》へ行儀見習いをかねて女中奉公をしたいと長五郎の得意先を通じて頼み、断られたという。おそのは、「おっ母さんと一緒に仕立て直しをするからいいの、その方が稼げるかもしれないから」とお捨に言ったそうだが、本心ではあるまい。

　それにしても、あの兄妹《きょうだい》はどうしたというのだろう。兄妹で手習いにきていた時は、兄思い妹思いのよい兄妹だと思っていたのだが、今は兄が仕事を持たぬ乱暴者で、妹は夜遊びだ。

　人の気配がした。笑兵衛は足をとめて、月の明かりに薄められた夜の闇を見据えた。豆腐屋と長五郎の家の間にある路地から、月明かりを背負った人影があらわれた。顔が暗く翳《かげ》っていたが、背が高く、どこかに子供の軀つきが残っている姿は、嘉一にちがいなかった。笑兵衛は、嘉一が夜と昼をとりちがえたような暮らしをしていて、真夜中に台所で膝をかかえていることもあるということを思い出した。

「爺さん」

　嘉一の方から話しかけてきた。笑兵衛は、それで嘉一が何を言いたいのか察することができた。

「お前《めえ》、誰かに出会わなかったかえ」

「会ったよ」

　笑兵衛は、歩き出しながら答えた。

「若い女に出会った」

嘉一とすれちがう。「ふうん」という嘉一の声が追いかけてきた。

「で、その女、どこへ行ったか知ってるかえ」

「いや」

拍子木を打つ。

「火の用心、さっしゃりやしょう」

「どこへ行ったか聞いているんだよ」

「さあて。俺が福島橋のたもとへきた時は、もう女の姿が消えていたんでね」

「ふうん」

それで路地へ戻って行くかと思ったが、嘉一は独り言のような言訳をした。

「俺あ、女を待っているんだよ。そろそろきてもいい時刻なんだが、爺さんが出会った女ってのは、俺が待っている女とちがうのかな」

まだ可愛いところがあると、笑兵衛は思った。おそのは、木戸番の笑兵衛とすれちがったと台所にいた嘉一に言ったにちがいない。嘉一は、あれはおそのではないという下手な言訳をするために、笑兵衛を呼びとめたのだ。

とすると、いい人に会いに行く妹を嘉一がそっと出してやり、台所に蹲《うずくま》って帰りを待っていてやったのか。

「あばよ、爺さん。どこかで女にあったら、俺が待ちくたびれていると言ってくんな」

「出会ったらそう言っておくよ。今夜はもう、出会うことはねえと思うが」

舌打ちが聞えた。女を待っているという嘘は、見抜かれたとわかったのだろう。

笑兵衛は、ゆっくりと歩き出した。背後から先刻より大きな舌打ちが聞え、嘉一が路地の中へ入って行く気配がした。

「どうしよう。木戸番の小父《おじ》さんに見られちまったら、ご近所の噂になるんじゃないかしら」と兄に言っているおそのの姿が、薄められた闇の中を通り過ぎて、笑兵衛は深い息を吐いた。


昼前に雨が降った昨日、笑兵衛は、神田まで棟梁に会いに行った。帰ってきたのは昼の八つ過ぎで、お捨に一眠りしろと言われたのだが、小半刻《こはんとき》もたたぬうちに目が覚めた。朝の五つに床に入って、昼の八つに起きると、軀が覚えてしまったのかもしれない。

夜はさすがに眠かった。昼は寒いと感じることはないのだが、夜になると冷える。お捨がおこしておいてくれた炭火が、木戸の番をしている時に眠気を誘ったのだった。

夜が明けるのを待って木戸を開け、湯屋へ行って朝飯、笑兵衛にとっては晩飯を食べ、一息ついてから床に入った。朝五つの鐘が鳴り終った時だったのだが、めずらしく寝つけなかった。

しかも、寝ついたと思ったとたんに目が覚めた。

軀がだるかった。もう一刻くらい眠ってくれと、軀が言っているような気がした。軀の言うことをきこうかとも思ったが、笑兵衛は起き上がった。「あら、お早いこと」とお捨が言った。正午の九つを過ぎたばかりだという。軀の中の時計は、先日、日本橋の時計師に見せてもらった大名時計より正確であるようだった。

時計師とは、亀戸村《かめいどむら》へ行くのをどこで道を間違えたのか中島町へきてしまい、途方に暮れていたのを案内して行ったことで縁ができた。時刻がくれば「ギリギリギリチャン」と鳴るという、ぜんまい仕掛けの時計を見にこないかと誘われて出かけて行ったのだった。

「起きてしまわれますかえ」

「うむ。もう眠れねえだろう」

笑兵衛は寝間着がわりの浴衣《ゆかた》を脱ぎ捨てて、綿入れに着替えた。桶を持って、裏の炭屋の井戸へ行く。それを見ていたのかもしれない。顔を洗って戻ってくると、家主のかわりに番屋に詰めるいろは長屋の差配、弥太右衛門が、そんな役目など忘れたような顔で上がり口に腰をおろしていた。

「笑さん、知ってるかえ」

と、笑兵衛が部屋へ上がらぬうちに言う。何の話かわからないが、それを話したくて、笑兵衛が目を覚ますのを待ちかねていたのかもしれなかった。

「おくにさんとこの、おそののことだよ。まだ子供だと思っていたのだが、いい人がいたらしいのさ」

そんなことだろうと思っていた。若い娘が夜更けに家を脱け出すのは、恋しい人に会いに行くほかに理由はない。

「驚かないのかえ」

「おそのちゃんも、十五だぜ。好きな人の一人や二人、いたって不思議はねえさ」

「それに、あの縹緻《きりよう》ですものね」

と、お捨も言う。

「おそのちゃんが黙って立っていなさるだけで、声をかけたくなるお人が大勢いなさいますよ、きっと」

「それが、さ」

弥太右衛門は声をひそめた。

「決して人に喋《しゃべ》らないでおくれよ、内緒の話なんだから」

笑兵衛は苦笑した。内緒の話は聞きたくないが、弥太右衛門は喋らずにいないだろう。

「いいかえ、ほんとに内緒だぜ」

お捨がころがるような声で笑いながら、台所にあてられている土間へ入って行った。笑兵衛の朝飯を用意するらしい。

「おそのは、ふられちまったらしいんだ」

「まさか」

「いや、ほんとだ。昨日、うちの婆さんがばったりおそのに出会ったんだよ。おそのは泣いていたそうだ」

では、一昨日の夜、おそのは別れ話をきりだされたのか。

「おまけに、身重《みおも》なんだよ」

「何だって」

「来年の春に、所帯をもつ約束をしていたんだそうだ。だから、おそのもその気になったんだろう」

「それは、おくにさんも長五郎さんも知っていなさるのかえ」

「おそのにいい人がいるってことはね。所帯をもつ気になっていたことも、知っていたんじゃねえのかな。それでなけりゃ、藍玉問屋に奉公する話が沙汰やみになったあと、長五郎さんだって、一所懸命に別口を探しただろうさ」

では、おそのが身重であるということは、誰も知らぬのだろうか。

「当《あた》り前《めえ》じゃねえか」

と、弥太右衛門は言う。

「おそのは、昨日、中条流《ちゅうじょうりゅう》の医者に行っちまやあがって、道端に蹲っていたんだ」

「何だって」

中条流は今、子堕ろしの医者を意味するようになった。

「驚いただろう。うちの婆さんも驚いて、知り合いの医者へ連れて行ったんだよ。で、うちへ連れて帰って、おくにさんをそっと呼んで、さ」

「嘉一は」

「嘉一に言えるわけがねえだろう。あの野郎、母親にゃ殴る蹴るの乱暴を働くが、妹は妙に可愛がっているから、相手の男に乱暴しかねねえ」

だが、弥太右衛門の女房とおくにが口裏を合わせ、おそのは怪我をしたと言っても、嘉一はすぐに気づく筈だ。一昨日の夜、嘉一は、おそのが泣いて帰ってきた顚末《てんまつ》を、おおかた聞いているにちがいないのである。

笑兵衛はお捨を呼んだ。お捨には、昨日、棟梁に聞いてきたことを話してある。

「中条流の一件は、隠そうたって隠しきれるものじゃねえ。その前に嘉一を納得させにゃならねえが、あとでお前《めえ》もきてくんねえ」

「それはかまいませんけれども、私なんぞが行っても、足手まといになるだけじゃありませんか」

笑兵衛と一緒に、弥太右衛門もかぶりを振った。

「お前《めえ》がきてくれねえと困るんだよ。俺は、口下手だ」

かぶりを振っていた弥太右衛門が、そうだというように、首を大きく縦に振った。

嘉一はもう気づいていた。笑兵衛が仕舞屋の角を曲がると、すさまじい悲鳴が聞えてきたのである。おそのの身に変わりがあったことに気づいた嘉一が、暴れ出したにちがいなかった。

仕舞屋から女房と娘が顔を出し、豆腐屋から金兵衛が飛び出してきて、おくにの家へ駆け込んで行った。

　笑兵衛もそのあとを追った。力ずくでも、嘉一を木戸番小屋へ連れて行くつもりだった。

「このあま。おそのの軀が目茶苦茶になったのは、お前《めえ》のせいだ」

　嘉一は、おくにの髪をつかみ、馬乗りになって殴っていた。金兵衛は必死に嘉一へ飛びかかろうとしているのだが、その前に嘉一の足が飛ぶ。笑兵衛は、嘉一のうしろへまわり、ふりむこうとした嘉一の腕を捕えた。

「痛《い》て。離せ、爺い。何にも知らねえくせに、こんな女の味方をしやがって」

「棟梁から聞いたよ」

「何だと」

「お前《めえ》のおふくろさんをわるく言う娘なんざ、こっちから嫌《きれ》えだと言ってやりゃいいじゃねえか」

「うるせえや。俺の親父は、神田で魚を商っていたんだ。売子も三人いたんだぞ。その店を潰しちまったのは、棟梁の娘の言う通り、この女だ。俺あ、言い返す言葉もなかったよ」

　知ってるよと、笑兵衛は口の中で言った。笑兵衛が気弱になったと思ったのかもしれない。嘉一は笑兵衛の手をふりはらっておくにを殴りつけようとしたが、笑兵衛の手は嘉一の腕から離れなかった。

「離せ、爺い」

「だめだ。お前《めえ》に話があるんだ」

「爺いの話なんざ、聞いている暇はねえ」

その時に、ようやくお捨の声が聞えた。

「ごめんなさいまし」

弥太右衛門が店番をひきうけてくれたのだろう。笑兵衛は、ほっとして嘉一をおくにから引きずりおろした。多少手荒なことをしても、お捨がいれば、うまくおさまる。

「ま、ご勘弁下さいまし。足を踏まないよう気をつけてましたら、肩に触れてしまいましたようで」

おくにの家の前には、人だかりができている。ふっくらと大きな軀の持主であるお捨は、人をかきわけても誰かの軀に触れてしまうのだろう。

「あいすみません、ちょっと通して下さいまし。嘉一《かい》っちゃんをお迎えにきたものですから」

「何だと」

「お迎えにきたんですよ。笑兵衛を寄越したんですけど、案の定」

お捨は、軽く笑兵衛をにらんだ。全身がゆるんだような気がして、笑兵衛は嘉一の腕を離した。嘉一も軀の力がぬけたのか、おくにへは飛びかからず、腰をついたまま部屋の奥の方へあとじさって行った。

「さ、行きましょう、嘉一ちゃん」

「誰が行くか」

「でも、おそのちゃんのことは相談しなくてはいけないでしょう」

嘉一の返事はない。中条流の一件は、若い嘉一には手にあまる出来事だったにちがいない。

「さ、早く。おっ母さんが心配かもしれないけど、金兵衛さんとこの秀ちゃんに膏薬を貼ってもらうことにして」

嘉一は、のろのろと立ち上がった。立ち上がったついでに蹴ろうとしたのだろう、おくにを見据えて足を持ち上げようとしたが、笑兵衛がにらんでいると知って、間《ま》がわるそうに土間へ降りて行く。

お捨の手が、さりげなく嘉一の手をつつんだ。手をつないだのだった。

そう言やあ、俺がお捨の手をとって、夜道を逃げたのは何年前のことになるか。

あの頃から、お捨の手はやわらかかった。やわらかくて、わけもなしに「もう大丈夫」と安心させてくれる力があった。

笑兵衛は、目顔で金兵衛に挨拶をして路地へ出た。

お捨は、木戸の手前で足をとめている。笑兵衛の姿を確かめてから、外へ出た。嘉一と手をつないだままだった。

笑兵衛は、少し遅れてついて行くことにした。

角を曲がった二人は、枝川沿いの道で足をとめ、空を指さした。鳶《とんび》が飛んでいたのだった。

歩き出すかと思ったが、二人は向かい合って何か言っている。羊羹《ようかん》という言葉が聞えてきた。おそのへの見舞いに羊羹を持って行くことにしたらしい。

「嘉一ちゃんも好き？　それなら早く行きましょうよ。わたしも食べたいの」

笑兵衛は、仕舞屋の羽目板に身を寄せた。嘉一はお捨に手をひかれ、てれくさそうな顔で走って行った。

「おくにさんが嘉一にどう言ったか知らねえが、おくにさんの前の亭主、与吉《よきつ》つぁんは俺の幼馴染みでね」

と、棟梁は言っていた。

「いい男でねえ。魚屋の主人らしく、威勢がよくって、陽気で、評判もいい男だった」

店は三河町《みかわちょう》一丁目の魚屋が軒をつらねる一劃《いっかく》にあり、嘉一によると、三人ほど売子をかかえていたそうだ。与吉の父親は振り売りの魚屋だったといい、与吉は一代で店を持ち、売子をかかえるほどになったのだった。

与吉が他界したのは嘉一が六歳の時で、おくには嘉一が成長するまで、自分が店をきりまわすつもりだったらしい。それくらいの強い気性は持ち合わせていたのだろう。与吉がかなりの蓄《たくわ》えを残してくれたというし、嘉一が成長するまでは何とかなると思ったのかもしれない。

おくには、子供達を育てることにも力を入れた。笑兵衛に文字を習いにきた嘉一とおそのが、かなり難しい文字を書けるようになっていたのも、おくにが二人を、界隈で評判の師匠のもとへ通わせていたからだった。

が、そこに長五郎があらわれた。棟梁の話によると、長五郎がおくにの家に小間物を売りにきたのではなく、たまたまおくにがたずねていった友人の家に長五郎がきていたのだという。その後、雨宿りのために飛び込んだ小間物問屋がたまたま長五郎が仕入れに行く店だったとか、幾つかの偶然が重なって、言葉をかわすようになったようだ。

「くわしいことは、おくにさんに聞くしかねえんですが」

と棟梁は苦笑いをしていたが、おくには、次第に長五郎に惹かれていったらしい。

「そっと会っているだけならいいが、終《しめ》えにはとんでもねえのぼせあがりようでね。子供からも目を離すようになっちまった」

長五郎さんもなかなか実直なお人らしいが、と棟梁は前置きをして言った。

「あっしにゃ、おくにさんの気持がわからねえ」

よい母親、江戸一番の母親と思っていたおくにの変貌ぶりに、戸惑ったにちがいない嘉一の気持はよくわかったが、笑兵衛は黙っていた。

笑兵衛は、関東雄藩の藩士だった頃に商人の娘であったお捨に京で出会い、駆落をして江戸へきた。敵《かたき》どうしと言ってもよい間柄ではないかと、当時二人のまわりにいた人達、ことにお捨の身近にいた人達は、腹立たしげに噂しあったと思う。

お捨の養い親であった伯父夫婦は、藩からの借金申し込みを断るため、笑兵衛の父に「ご心配なく」と言って金を貸し、法外な利息をとろうとした。騙《だま》されたと知った笑兵衛の父は、伯父夫婦の店にのりこんで伯母の命を奪い、伯父に重傷を負わせて、自身はその場で切腹した。藩は、すべてなかったことにするために、笑兵衛に永《なが》の暇《いとま》を言い渡した。

　行先もきめずに京を発《た》った笑兵衛を、着《き》の身《み》着のまま追ってきたのがお捨だった。はたから見れば、浪人となった男を追って行った女も女、あてもないのに女を連れて行った男も男ということになるだろう。

　だが、あの時、お捨はたとえ一月後《ひとつきご》に笑兵衛と飢え死にすることになっても女房になると言った。笑兵衛も、お捨を帰さねばと思いながら、足袋裸足《たびはだし》で追いかけてきた娘の肩をいつまでも抱いていた。

「与吉つぁんが残してくれた蓄えを、所帯をもつ前にすっからかんにしちまったてんだから」

　と、棟梁は、それが昨日起こった出来事であるように怒っていた。おくには、長五郎が背負っていた借金をきれいにしてやった上、店を持たせてやろうとむりをしたらしい。

「子供も商売もあったものじゃねえ。子供は穴のあいた足袋をはいているわ、商売はうまくいかなくなるわで、あっしも柄《がら》にもねえ意見をしたのだが」

　その時は、おくにも涙を流して詫びるのだが、母親のおくにでいられるのは十日ほどだった。十一日めには長五郎が小間物を仕入れに行く店の前に、ただの女となったおくにが、さすがに人目を気にしながら立っていたのである。

「で、二進《にっち》も三進《さっち》もゆかなくなったんでしょう」

おくには、三河町の店をたたんで長五郎と所帯をもった。

が、長五郎と妙に距離をおいている子供達と、四畳半一間の長屋に住むわけにはゆかない。店賃の安い家を探して深川へ引っ越してきたが、それでも、手跡指南所へ通って文字と算盤《そろばん》を覚えていた筈の嘉一が、蜆を売って歩かねばならなかった。

「文句も言わずに、よく働いていたと思いますよ」

と、棟梁は言った。

「が、どうせ働くなら手に職をつけておいた方がいい。うちへこいと言ったのは、わたしなんでさ」

嘉一は、喜んでうなずいたにちがいない。おそのを残して行くのは気がかりだったと思うが、早く独り立ちして迎えにくると約束し、おそのも自分の気持もむりやり納得させて、棟梁の弟子となったのではあるまいか。

「おそらくその通りでしょう。あっしもあの子なら二十《はたち》を過ぎる頃には独り立ちできるだろうと思っておりやした」

よく働く子だった。おとなしいせいか兄弟子達に可愛がられたし、棟梁が木戸番小屋に寄ってくれた時も話していたが、可愛い顔をしているので、家を建てる家主の女房や娘にも好かれたようだ。

「さて、それからですが」

しばらく口を閉じていた棟梁は、言いにくいことを一気に話してしまうつもりになったらしい。

「あっしが笑兵衛さんをおたずねして、ま、身内の恥を打ち明けるつもりだったんですが」

棟梁の娘のお若が、嘉一を好きになったのである。嘉一より一つ年上のお若は、嘉一が十五になった頃からさほどの用事でもないのに嘉一を呼び、用事とは別に長話をしていたという。

「とんでもねえ娘でお恥ずかしいかぎりですが、嘉一も、お若を嫌ってはいなかったようなんで。あっしも、嘉一がどれくらいの腕前になるか、そいつを見届けた上で、お若の相談にのってやろうと思っていやした」

ところが、お若は別の男に心を移した。

「経師職人《きょうじしょくにん》の倅さんとの縁談《はなし》がきたんでさ。親御さんは、お寺の唐紙《からかみ》の張り替えをひきうけていなさるお人でね、弟子も大勢いる。あっしの女房なんぞは乗気になりやしたよ。が、お若には嘉一がいる。あっしにも伜がいるから跡取りはむりだが、嘉一を一人前の大工にしてやることはできる。だから、縁談は断ろうと思っていたんでさ」

お若はかぶりを振った。縁談をすすめてくれというのである。嘉一ちゃんは、わたしのことが嫌いらしいと、お若は言ったそうだ。

「それを、あっさり信じちまったあっしもお粗末だが」

棟梁は、噴き出してきた汗を手拭いで拭った。

「つい先日、お若が白状したんですが、おくにさんのことを知って、そんな人から嫁と言われたくないと思っていたんだそうで。経師職人の伜との縁談は、お若にとっちゃ渡りに舟だったんでしょう。で、嘉一を呼び出して、あんな母親の息子とは一緒になれないと言っちまったらしい」

正直といえば正直だが、嘉一にとっては、お若に裏切られたことよりも、裏切られる理由がつらかった筈だ。

縁談は断られた。お若は嘉一の気持にはじめて気づいたようで、父親に一部始終を打ち明け、すまないと言った。

「あっしもその時はじめて嘉一の気持に気がつきやした。父子《おやこ》そろって面目《めんぼく》ねえ話でさ。どの面《つら》さげて嘉一に会えばいいのか、まるでわからねえ」

　血を分けた父親は、この世に一人しかいない。が、人が人を好きになるのは一人だけとはかぎらない。それは嘉一にもわかっていただろうが、なぜよりによって俺のおふくろが、という思いは始終胸のうちにあったにちがいない。

　嘉一が最も触れられたくないことが、お若の別れたい理由だった。嘉一が棟梁の家を飛び出したのは当然だろう。

　それでも、おくにと長五郎がいる家へは帰りたくなかったと思う。帰りたくなかったと思うが、相思相愛と信じていたお若でさえ、おくにを姑と呼びたくないと言い放つのである。友人達もおくにへ白い眼を向けている筈だ。友人達は頼りたくない。いや、頼れない。

　一度か二度は神社や寺院の縁の下で夜を明かしたにちがいない嘉一は、やむをえず中島町へ戻る。昼と夜をとりちがえた暮らしをしていたのは、働きたくないのではなく、おくにや長五郎と顔を合わせたくなかったからかもしれなかった。

　そんな時に、不幸な出来事が起こる。妹のおそのが、「この人」ときめていた相手から、縁切りを言い渡されたのである。

「先に言っておくが、俺あ、お前《めえ》に何の不足もねえ。俺にゃ、もってえねえくらいだと思っている。だが、小間物売りに入れあげて、お父《とっ》つぁんが残してくれた店を潰しちまったおっ母さんのことを考えると、な」

小間物売りの男の稼ぎは少ねえそうだし、お前《めえ》の亭主となったひにゃ、いつこっちに、どんなとばっちりが飛んでくるかしれねえ。すまねえが、俺にゃお前《めえ》のおっ母さん達を食わせてゆくほどの力もねえし、その気もねえ。

笑兵衛が想像する相手の言葉だが、多分、そんなところだろう。

おそのは、泣きながら夜道を走る。走って家へ帰って、嘉一に事情を打ち明ける。

嘉一は、自分達を生んでくれた母親だからこそ、おくにがうとましかった。母親の中にあった女が憎かった。嘉一の気持を察していたにちがいないおくには、すべて自分がわるいのだからとさからわない。それが、母親を殴りたくはない嘉一をいっそう苛立《いらだ》たせていたのではないか。

「こんなことは、早く終りにしなくてはな」

早くお捨を連れて行けばよかったと思った。

「俺としたことが、のんびりしていたよ」

呟《つぶや》きながら角《かど》を曲がると、番小屋の前に弥太右衛門が立っていた。

「笑さん一人かえ」

と言う。嘉一が暴れていたことは知っているので、お捨が怪我をせぬかと心配していてくれたのかもしれなかった。

そのお捨の声が聞えてきた。「ちょっと待って。嘉一ちゃん」と言っている。

枝川沿いの道に出てみると、福島橋のたもとで足をとめたらしいお捨のもとへ、嘉一が走って戻って行くところだった。

お捨は、橋の欄干《らんかん》につかまって荒い息を吐いていた。おそらくは富岡八幡宮《とみがおかはちまんぐう》の参道あたりまで羊羹を急いで買いに行って、走って戻ってきたのだろう。

嘉一は、両手でお捨の背をさすっている。羊羹の包みも、お捨の背を行ったり来たりした。

「だから、もっとゆっくり歩こうって言ったじゃねえか」

「でも、早くおそのちゃんのところへ行きたいじゃありませんか」

「早く羊羹を食いたかったのじゃねえのかえ」

「少しは」

呼吸がおさまってきたらしいお捨が、ころがるような声で笑った。

「もう大丈夫だ」

笑兵衛はひとりごちた。お捨に手を引かれて歩いているうちに、嘉一の中の女の姿が少しずつ変わってきたのかもしれない。軽口を叩いていたところをみると、少くとも今は、気持がほぐれているのだろう。

「さて俺はどうするか」

おくにの家では、おくにが金兵衛に、胸のうちを打ち明けているかもしれない。

笑兵衛は、明日、日本橋の時計師をたずねてみようと思った。

嘉一については、お若の父親である棟梁が、まともな若者に戻ってくれればいつでも弟子入り先を紹介すると請け合ってくれた。

が、おそのも働きたいにちがいない。中条流の世話になったことで、どれくらいの間養生《ようじょう》していなければいけないのか、笑兵衛にはよくわからないが、働き口があることは、心配や不安や苛立ちの種をへらす筈だ。

「弥太さん、すまねえ。ちょっと出かけてくる」

「待った」

弥太右衛門は、両手をひろげて笑兵衛の前に立ち塞がった。

「ご存じと思うが、俺は自身番に詰めるのが役目だ」

「いつも有難《ありがて》えと思ってるよ。それに今日は、お捨がすぐ」

と言って、笑兵衛はあわててそのあとの言葉を飲み込んだ。お捨のころがるような笑い声が聞えてきたが、お捨はお礼だと言って弥太右衛門に羊羹を一棹《ひとさお》渡し、そのままおそののいる弥太右衛門の家へ向うだろう。世の中にお捨ほど美しい女はいないと信じている弥太右衛門が、「待った」と両手をひろげてお捨の前に立つわけがない。

「わかったよ。出かけるのは明日にするよ」

「当り前だ」

その夜から、膝がつめたくなるほど冷えはじめた。翌日、時計師の屋敷をたずねるつもりで小屋を出ると、枝川沿いの道に霜《しも》がおりていた。少しくずれかけているような弱々しい霜で、霜自身もそのことに気づいているのだろう。細く透きとおった氷の柱が、互いに寄りかかって懸命に土を持ち上げていた。

第八話　ほころび

声をかけようとしたのだが、その声を全部、懸命に飲み込んだ。宗助《そうすけ》から少し離れて歩いている女に気づいたのである。それも、お俊《しゅん》のよく知っている女だった。

宗助は、七年前に他界した兄の友人で、かつて佐賀町に住んでいた頃は、毎日のように往《ゆ》き来《き》していたものだった。兄には女房がいたし、宗助にもまもなく祝言《しゅうげん》をあげるという女がいて、五人が顔を合わせると、「誰か一人、半端な奴《やつ》がいるなあ」と、よくお俊がからかわれたものだ。

その五人から、表具師《ひょうぐし》だった兄の伊之助《いのすけ》がまず欠けた。他界したのである。嫂《あによめ》のおたねは伊之助が逝って二年ほどたった頃に手に職のない自分が一人で暮らしてゆけるわけがなく、後家を通せばお俊ちゃんのお荷物になるからと、麹町《こうじまち》にある実家へ戻って行った。

去年、兄の七回忌をすませたあと、あらためてたずねてきて、はっきりとものを言うおたねにはめずらしく、所帯をもつかもしれないと口ごもった。もつかもしれないなどと曖昧《あいまい》な言葉を使っていたが、お俊は、まもなく所帯をもつのだと解釈した。ことによると、すでに一緒に暮らしているのかもしれなかった。

次に、宗助が所帯をもつと言っていた女がいなくなった。おもんという女だった。宗助は別れたのだと言っているが、逃げられたという方が正しい。宗助が煮えきらなかったのである。所帯をもつと言っていながら、いつまでも一緒に暮らそうとしないのでは、おもんが腹を立てるのもむりはなかった。

「宗さんがいけないんだからね」

と、お俊は幾度言ったかしれない。そのたびに宗助は人のよさそうな、だが優柔不断な笑みを浮かべて頭をかいていた。畳職人で、表具師だった兄と仕事で一緒になることが多く、意気投合したというのだが、気短かな兄と、何をするにも迷ったりためらったりする宗助が、どこで気が合ったのかわからなかった。

それでも、お俊と宗助は、五人のうちから残った二人だった。嫂のおたねがいなくなり、同居させてもらっていた仕舞屋《しもたや》では広すぎると言ってお俊が中島町《なかじまちょう》の長屋へ引っ越したあとも、宗助はしばしばたずねてきてくれた。あいかわらず気のおけぬ話し相手であった。

そんな男と佐賀町でも中島町でもない両国広小路《りょうごくひろこうじ》ですれちがって、声をかけずに通り過ぎるのも妙だと思ったが、宗助のうしろを歩いている女が気にかかった。お俊の幼馴染みのおさわなのである。

おさわは古着屋の娘で、どういう縁があったのか、日本橋小舟町《にほんばしこぶなちょう》の笠問屋へ嫁いだ。が、すぐに佐賀町に戻ってきて、三行半《みくだりはん》を出されたと、わざわざお俊の長屋へ知らせにきた。しばらくのんびりするのだと、婚家を追い出されたというのに、おさわは嬉《うれ》しそうだった。

言うまでもなくおさわは宗助を、宗助はおさわを知っている。離れて歩いてはいるが、お互い相手に気づかぬ距離ではない。二人で歩いている姿を知り合いに見られるのがいやさに、離れて歩いているとしか思えなかった。

言い換えれば、知り合いに見られたくない仲になったということである。

お俊は、つい先日、宗助をたずねて行った時に、「すまねえ、これから出かけるところなんだ」の一言で、出入口から追い返されたことを思い出した。

急な仕事が入ったといい、袢纏《はんてん》も着ていたので疑わなかったが、たずねて行ったのは夕七つの鐘が鳴る頃だった。いくら思いがけない仕事が入るとはいえ、夕暮れから畳替えをする家があるだろうか。

おさわちゃんとの約束があって、わたしが邪魔だったのかしら。邪魔なら邪魔と言ってくれればいいのに。

宗助の姿が人混みに隠れ、あとを追って行くおさわが早足になった。お俊は、肩をすくめて歩き出した。五人で始終会っていた時の宗助は、その日の出来事を洗いざらい話してしまい、おもんに「少しは内緒にしておきなさいよ」と叱《しか》られていたのだが、そんな宗助がなつかしかった。

両国広小路を歩いた時にうつったのだろうか。のどの奥が痛み、かんでもかんでも洟《はなみず》が出るようになった。

湯屋へ行くのはやめた方がよいかとも思ったが、菊の湯は路地を出ればすぐそこにある。床《とこ》を敷いて行き、のぼせるほど暖まって帰ってきて、すりおろした生姜《しょうが》と梅干に、細かくきざんだ葱《ねぎ》をたっぷり入れて熱い湯をそそいだものを飲んで寝床へもぐってしまえば、明日の朝にはのどの痛みがとれ、洟も出なくなっているにちがいないと思った。

が、それが裏目に出た。翌朝、起き上がるのが億劫《おっくう》なほど、躯《からだ》がだるくなっていたのである。発熱したのだった。昨日、湯につかっても躯を拭《ふ》いているうちに寒くなったのは、その時から熱があったのかもしれなかった。

寝ていようかと思ったが、風邪をひいた時は食べろという。死んだ母もそう言っていたし、嫂のおたねもそう言っていた。

この長屋に引っ越してきて二年がたち、お茶を飲みにおいでと呼ばれるくらいには親しい人もできたが、粥《かゆ》をつくってくれと頼むのはためらわれた。

やむをえなかった。お俊は、お櫃《ひつ》の中に昨夜のご飯が残っているのを確かめてから、袢纏を羽織った。七輪《しちりん》に火をおこし、土鍋にいれたご飯に鉄瓶に残っていた湯を入れて、ついでに醬油《しょうゆ》も入れてしまう。だしをとって雑炊をつくるなどという気は、はじめからなかった。

ぐつぐつと音をたててきたのに卵を割り入れて、残った熾火《おきび》を十能《じゅうのう》で火鉢へはこび、炭をつぎたして鉄瓶をのせる。井戸へ水を汲《く》みに行くなど思いもよらず、水甕《みずがめ》の水で間に合わせた。

隙間風が入らぬよう、表口をぴったりと閉め、茶碗と箸《はし》を持って夜具に戻る。茶筒も急須《きゅうす》も手をのばせば届くところにあるし、火鉢も少し寝床に近づけて、寝床から出て行かなくても鉄瓶に手が届くようにした。あとは薬箱だけだが、とにかく一休みしようと思った。家の中を幾度か往復しただけで、息がはずむのである。

お俊は醬油と卵を落とした粥をすすり、茶を三杯も飲んだ。這《は》うようにして薬箱に近づいて、薬ものんだ。去年の今頃にやはり風邪をひいて、その時はすぐに医者へ行き、薬ももらってきた。今、飲んだのはその時の残りだった。薬は腐ることはないだろうかと、ふと不安になったが、その時はその時と、覚悟した。軀を起こしていると、とにかく横になりたくなった。

茶を飲んだ時は軀が暖まり、これで一日寝ていれば癒《なお》るかもしれないと思ったのだが、寝ているうちに軀が燃えているように熱くなってきた。そのくせ、かけている掻巻《かいまき》の裾《すそ》から風が入ってくるような気がして寒かった。

お俊は、熱い手を額《ひたい》に置いた。思ったより、額も熱かった。

寝ているしかない。そう思った。が、じっと寝ていると汗をかいた。それも尋常な汗の量ではなかった。

汗を拭きたかったが、昨日の手拭《てぬぐ》いはまだかわいていない。やむをえず起き出して、お俊は戸棚から行李《こうり》をひきずり出した。中から新しい手拭いと、ありたけの浴衣《ゆかた》を出す。震えながら汗を拭いているうちに泣きたくなった。

「だから、一人だけ半端でいるなと言ったじゃねえか」

という、兄の声が聞えたような気がした。

「俺《おれ》が生きているうちは、お前《めえ》一人くらい面倒をみてやれるが。おたねに子供が生れたら、俺は平気でも、お前《めえ》がいづらくなるぞ」

一人で暮らすからいいなどと、なぜ言ってしまったのだろう。あの時は、お父《とっ》つぁんが多少の蓄《たくわ》えを残してくれたし、わたしもお菓子屋さんから多少稼げるから一人でも大丈夫だと思っていたんだけど。

去年も、風邪をひいて寝込んだ時にそう思った。嫁ぐ気がなかったわけではない。兄や宗助にからかわれるのがいやだったのと、二人の女達、ことに嫂のおたねが幸せそうな顔をしていたので、自分も早くいい人を見つけたいと思っていたのだった。

兄が仕事先で知り合ったらしい男をさりげなく連れてきて、「あいつはどうだ」と尋ねたことも一度ならずあるが、その頃のお俊はまだ十六か十七で、所帯をもつのに早過ぎる年齢《とし》ではなかったけれども、待っていればもう少しいい縁談《はなし》がくるのではないかと思っていた。

お俊は、十二の時に呉服問屋へ行儀見習いをかねた奉公に出て、父と母があいついで他界したのを機に家へ戻ってきた。十四歳だった。

兄は、その一年前におたねを女房に迎えていて、お俊も藪入《やぶい》りで帰ってきた時などに会っていた。思ったことを何でも口にしてしまう女で、行儀見習いから帰ってきた目には、少しがさつな人間に見えたが、喧嘩をして背を向け合うようなこともなく暮らしていられたのは、やはり反《そ》りが合ったのだろう。

兄が他界したあと、お俊は、しばらくおたねと暮らしてもいいと思っていた。お俊には、収入の道があった。奉公をしている間に、内儀《ないぎ》から料理を教えてもらったのである。

男に生れていたなら板前になっていたと笑う内儀は、餡《あん》を布巾《ふきん》でしぼるくらいの菓子もつくった。家に帰ってきたお俊は、内儀から教わった菓子に工夫をくわえるようになり、たまたまそれを見ていた佐賀町の菓子屋が、「それをうちで売り出させてくれないか」と言ったのだった。

その菓子が、売れたのである。餡の中に求肥《ぎゅうひ》を入れ、薄く餅でくるんで焼いたものだが、時雨焼《しぐれやき》と名づけられて深川名物となり、今でも人気が衰えない。日本橋や芝《しば》の方からも、買いにくるという。

菓子屋は、律儀に売上のいくらかを持ってきてくれる。そのお礼にと、お俊が季節にふさわしい菓子を考えてたずねて行く。お俊の考えた菓子は、ほとんどその菓子屋、大和屋《やまとや》の職人がつくったことになって売り出され、時雨焼ほどの評判にはならないもの の、利益はあげているらしい。寒天《かんてん》でつくった夏の菓子などはよく売れたようだった。

おたねが内職でもしてくれれば、女二人、裕福とまではゆかぬものの不自由なく暮らせるくらいの収入はあったのである。が、おたねは、「でも、お俊ちゃんだって、いい人が見つかりゃお嫁にゆくだろ」と言った。

「その時、わたしゃどうすりゃいいんだよ」

つまらない男と一緒になるよりも、おたねと気楽に暮らした方がいいと思っていたつもりだったが、答えにつまった。おたねと一緒に暮らしたいのではなく、心の底ではいい男に嫁ぐことを望み、その日のくるのを待っていたのだった。

「お俊ちゃんはいいさ。自分で稼げるし、亭主になる男だって稼ぐだろうし。だけど、残されたわたしはすぐに無一文になっちまって、飢死《うえじに》しちまうよ」

「そんなこと、させませんよ」

「と言ったって、所帯をもつ家にわたしを連れて行けるかえ」

行けるとは言えない。

「だからさ」

と、おたねは言った。

「手に職のない女は、稼げる男に頼るのが一番」

そう言って、おたねは麴町へ帰って行ったのだった。

「兄さんが死ぬとすぐ、お嫁にゆきたくなったのかしら。嫂《ねえ》さんがいてくれりゃ、寒い思いをして起き出さなくってもいいのに」

汗で濡れた軀を新しい手拭いで拭いて、浴衣を取り替える。汗を吸い込んだ浴衣は、しぼりたくなるほどだった。

幸い、盥《たらい》は土間に入れておいた。お俊は、浴衣と手拭いを盥に放り込んで夜具にもぐった。着替えた浴衣は心地よく、お俊は少し安心して目をつむった。

「ちょいと。昼間っから、どうしたってんだよ」

枕許《まくらもと》から聞える声で目を覚ました。眠ってしまう前に昔を思い出していたので、幻《まぼろし》を見ているのではないかと思った。おたねが枕許に坐って、お俊の顔をのぞき込んでいたのである。

「いやだ、こんなに熱があるじゃないの。明日《あした》こようと思ってたんだけど、今日にしてよかったよ」

おたねはそう言うと、土間へ降りて行った。柱に打った釘に下げてあるたすきの紐で袂《たもと》をくくり、この寒いのに腕をむきだしにして出て行った。手桶《ておけ》を下げていたので、水を汲みに行ったのだろう。

戻ってくると、土鍋の蓋《ふた》を開けて朝飯を食べたかどうかを確かめ、炭火をかきたてて、鉄瓶に水をいっぱいにした。それで坐るのかと思ったが、またせわしげに外へ出て行く。戻ってきた時には、大きな風呂敷包みを下げていた。米や卵や葱や大根を買ってきてくれたらしい。

米は米櫃に入れ、葱も大根も洗ってきて、ようやく枕許に腰をおろしたおたねに、お俊は半身を起こして尋ねた。

「どうしたの、嫂さん。有難い時にきてくれなすって、ほんとに嬉しいんだけど」

おたねがお俊の家へくるのは、嫁にゆくかもしれないと言いにきて以来で、しばらく顔を合わせていない。

「いいから寝ておいで」

おたねは、葱や大根をつめたい水で洗って赤く腫《は》れた手を火鉢にかざした。感覚が戻らないのか、せっかちに手をすりあわせている。

お俊は夜具の中へ戻ろうとしたが、また汗をかいていた。行李から出しておいた浴衣へ手をのばすと、おたねが自分の袖《そで》の中から手拭いをだしてくれた。切りたてのにおいがする。中島町へくる途中で買ったのかもしれなかった。

「お俊ちゃんとこへきたあと、すぐに所帯をもったんだけどさ」

お俊の脱いだ浴衣をうけとって、盥の中へ入れながらおたねが言う。

「その亭主が、江ノ島へ行くことになっちまってさ」

「遊びに？」

「ばかだね、この寒いのに、誰が江ノ島なんぞへ遊びに行くものか。仕事で行くんだよ」

板前なんだよと、おたねは苦笑いした。

「腕のいい板前だったら、さっさとお俊ちゃんにひきあわせていたんだけどさ。会わせた時は板前だったけど、次に顔を合わせた時は物売りだった、なんてことになりかねないから」

「どうして」

「だから、腕がわるいんだよ」

おたねは、かわいた声で笑った。

「案の定、所帯をもつとすぐ、女将《おかみ》さんからやめてくれと言われちまってさ」

のどがかわいたのかもしれない。おたねは、竈《かまど》の横につくられている棚から茶碗を取ってきて、まだ沸いていない白湯《さゆ》をついだ。

「たくわえなんてない人だったから、あの時はお俊ちゃんと暮らしていりゃよかったと思ったよ」

「追い出されるような板前さんなら、一緒にならなければよかったのに」

「うちのお父《とっ》つぁんにもおっ母《か》さんにも、兄さん達にもそう言われたよ。でもさ、家へ戻ったら、あれだけ愛想のよかった嫂さんが不機嫌になっちまって」

「やさしそうな人だったけどねえ」

「そのかわり、こっちがずけずけものを言うからね。嫂さんにしてみりゃ、出戻りが威張りちらしているとしか思えなかったかもしれない」

「ずけずけ言ってくれた方が、胸のうちを探らなくってすむのに」

「やっぱりお俊ちゃんは、そう言ってくれるんだね」

おたねは、また茶碗に白湯をそそいだ。

「うちへ帰ってから、お俊ちゃんはいい人だったとよくわかったよ。それに、腕がよくって気《き》っ風《ぷ》もいいお俊ちゃんの兄さんのような男も、ざらにはいないんだってね」

「わたしも、中島町へきてから、嫂さんほど気の合う人はいないんじゃないかって思った」

「あとにならなけりゃわからないんだから情けないね」

おたねは深い息を吐いた。

「わたしゃ一人で暮らせないし、五平ももう一人はいやだって言うから、一緒になったんだけど。そう、五平ってのが今の亭主の名前でね。気のやさしいのが取柄《とりえ》だよ」

おたねが土瓶に手をのばした。

「嫂さん、わたしにも白湯をちょうだい」

「あいよ。汗をかいてお湯を飲まずにいたら、お俊ちゃんが干《ひ》からびちまうものね」

おたねが、お俊の茶碗に残っていた茶を流しへ捨てに行った間に、お俊は軀を起こして袢纏を羽織った。おたねがきてくれて安心したのが原因ではあるまいが、だるさがとれていた。

大丈夫かえと言いながら、おたねは白湯をついだ茶碗を渡してくれて、「明日もようすを見にくるから」と言った。

「なにしろ、十五日まではきてくれと江ノ島の料理屋に言われてるんだよ。ついこの間、話がきまったばかりでさ、何の用意もできてやしないんだけど、文句は言えないやね。二月《ふたつき》もあちこち駆《か》けずりまわって、やっと雇ってくれるところが見つかったんだから」

「いいの、そんないそがしい時にきてもらって」

「いいよ。江ノ島に住みつくつもりで江戸を出て行くんだもの。今日は、そういうことになっちまったと、お俊ちゃんに知らせにきたんだ」

「そうなの。寂しくなっちまうな」

「寂しいのは、わたしの方だよ。お俊ちゃんの兄さんといい仲になって、麴町から深川へくる時もこわかったけど、ご朱引《しゆびき》のうちだったからねえ。今度は、江戸の外へ出るんだもの」

呉服問屋に奉公していたお俊は、兄とおたねが簡単な祝言をあげる前に暇をとって家に帰っていた。妹のお俊でさえその翌日は疲れていたのに、おたねは朝早くに起き出して、盥をかかえて井戸端へ洗濯に行き、祝言の席で顔を覚えたらしい近所の人に、「おはようございます」と挨拶をしていたものだ。

兄の伊之助は、「あいつなりに気を遣っていたんだよ」と言った。

その頃、伊之助には近所の娘との縁談があったらしい。が、妙に気がのらず伊之助は断ってくれと言いつづけていたのだという。そのうちに仕事先で麴町の表具師と知り合い、表具師の娘のおたねと出会った伊之助が、諦めきれない近所の娘の両親に、きっぱりと断りを言ったのだった。

十年の知己《ちき》のように近所の人達に話しかけていたおたねは、「お前さんが、妙な女にひっかかったと言われると可哀そうだから」と、精いっぱい明るくふるまっていたにちがいない。

仲のよい夫婦だった。口喧嘩は絶えなかったが、四半刻《しはんとき》後にはどちらからともなく寄りそっていて、お俊はよく肩をすくめたものだった。

「何だったの、さっきのは」

「何でもありゃしねえよ」

いつまでもそんな暮らしがつづくものと、お俊は思っていた。いや、いつかその人数が一人ふえると思っていた。お俊が所帯をもって、お俊の亭主がくわわるのだと信じていたのである。

それが、こわれた。兄が逝って、嫂のおたねは江ノ島へ行く。

「わるいね」

と、おたねが言った。

「今日はご飯を炊いて、おみおつけでもつくって帰ることにするよ。泊まっていってやりたいけど、五平の面倒もみなけりゃならないんでね。五平は、江ノ島で食べた料理はまずかったと言われないように、以前の親方に頼んで、庖丁《ほうちょう》の使い方から教わりなおしているんだよ」

「わたしは大丈夫ですって。そんな時に泊まってもらったら、五平さんに怒られちまう」

「怒りゃしないよ。かえって、泊まってくればよかったのにって言うかもしれない」

いい人なんだと、お俊は思った。五平と所帯をもったおたねの判断は正しく、おたねは幸せに一生を過ごせるだろう。

「元気になったら遊びにおいで。その頃には、うちの人の料理も少しはましになっているよ」

お俊は、低い声で笑った。おたねもつられたように笑い、しばらくしてから気を変えるように「そうだ」と手を打った。

「宗さんには会ってるのかえ。わたしは、まるでご無沙汰だけど」

お俊は、返事に迷った。両国広小路での宗助に会ったとは言えないだろう。

「佐賀町からそんなに遠くないのに、ようすも見にこないのかえ。薄情だねえ。いいよ、わたしが帰りに寄ってゆくよ。寄って、見舞いにくらい行けと、そう言ってやる」

「いいですったら。宗さんだって、いそがしいんだろうし」

「あの男がかえ」

と言って、おたねは笑い出した。

「そう言やあ、五平と宗さんは似ているかもしれないね。何だかはっきりしなくってさ。畳屋の親方に出て行けと言われない宗さんの方が、少しましかもしれないけど」

寝ておいでと言って、おたねは土間へ降りて行った。ご飯を炊いてくれるようだった。はにかんだように笑う宗助の顔が、お俊の目の前を通り過ぎていった。

翌日、おたねは、着替えの浴衣や何本もの手拭いが入っているらしい風呂敷包みを背負ってあらわれた。

盥に入れておいた浴衣もなくなっていたので、おそらく洗ってきてくれたのだろう。汗をかいたので熱は下がった筈《はず》なのだが、おたねの帰ったあとで二度、今朝も一度着替えて、隣家の赤子の襁褓《むつき》にしてもらおうと思っていた浴衣まで汗に濡らしてしまった。おたねのお古を持ってきてもらえたのは有難かった。

お俊は半身を起こした。

先刻おたねが出入口の障子を開けた時、外の風が入ってきたのか、寝ている間には気づかなかった熱くささが漂った。いかにも病人がいるようで、心地わるかった。自分にまとわりついているにちがいないそのにおいを払いのけようと半身を起こしたのだが、おたねは、「起きるんなら、足袋《たび》くらいはきなさいよ」と不機嫌な声で言った。お俊は、おたねが昨夜、五平と喧嘩をしたのではないかと思った。

「また寝床にもぐりますよ」

「それならいいけど」

おたねは、風呂敷包みを背からおろした。

「まったく何なんだろうね、あの人は」

やはり機嫌がわるい。お俊は、おそるおそる「五平さんのこと」と尋ねた。

部屋へ上がってきたおたねは、お俊の額に手を当てた。

「五平がわたしと喧嘩をするわけがないじゃないか。お俊ちゃんの熱の方は下がったようだね」

「それじゃ、誰のことを怒っていなさるの」

「宗助だよ。宗助のうちに、おさわがいたんだ」

両国広小路での光景が脳裡《のうり》をよぎったが、そんなことはすっかり忘れていた。おさわと宗助が、お俊の頭の中でうまく結びつかなかったせいもある。おたねは、お俊が驚いて口もきけずにいると思ったようで、「宗助のうちにおさわがいたんだよ」と繰返した。

「昨日、帰り道に寄ると言っただろう。まだ仕事に出ているかなと思いながら、声をかけたんだよ」

おたねのことだ。「ごめんなさい、宗さんいなさる」という声と同時に戸を開けたにちがいない。遠慮なく出入口にも入ったことだろう。返事はなかったそうだ。茶の間と出入口をへだてる障子も閉まっていたが、人の気配はする。おたねは、空巣《あきす》だと思ったそうだ。

夢中で出入口から飛び出したおたねは、大声で叫んだ。

「誰かきておくれ、泥棒だよ」

ちがう。

宗助の声だった。

「ちがう。泥棒じゃねえ」

障子が開いて、宗助が顔を出した。

いるんなら返事くらいおしという言葉は、おたねの口の中で消えた。あらためて家の中へ入ろうとしたおたねと、裏口から抜け出してきたおさわが顔を合わせてしまったのだった。

「まったく、おふざけでないってんだよ」

おたねは、つめたい水でしぼってくれるつもりだったらしい手拭いを、桶に叩きつけた。

「お俊ちゃんも、おもんちゃんが宗さんに愛想をつかしたのを覚えてるだろう」

「ええ」

「そりゃね、あの時は宗さんの気持もわからないではないし、おもんちゃんの気持もよくわかると思ったから、何も言わずにいたんだけど」

それはお俊も同じだった。独り立ちできない宗助が、一緒になってくれとおもんに言い出せないのは当然だろう。おたねによく似た気性《きしよう》の持主で、「わたしも働いて、食べるくらいは何とかする」と言っていたおもんが、そんな宗助に苛立《いらだ》った気持もよくわかるのである。

「それなのに、宗助め」

おたねは、土間に降りた。桶に叩きつけた手拭いを拾い上げ、縁《ふち》にかける。水甕のそばにあった手桶をさげたのは水を汲みに行くつもりだったのだろうが、「ああ、もう我慢できない」と言って、上がり口に腰をおろした。

「おさわちゃんはお俊ちゃんの幼馴染みだから、お俊ちゃんには言うまいと思っていたんだけど。おさわの奴《やつ》、笠問屋の三好屋へお嫁にいっただろ」

「ええ」

「あれ、お俊ちゃんにきた話だったんだよ」

「まさか」

「お俊ちゃんは、ほら、時雨焼をつくってあげた大和屋さんで、笠問屋の三好屋さんの息子さんに会ったことがあるだろう」

「三好屋さんの息子さん？　そんな人に会ったかなあ」

「誰にも会わなかったってことはないだろう」

　そういえば、大和屋の息子の友人だという若い男に会ったことがあった。時雨焼が大評判となった頃のことで、大和屋の主人から思いがけないほどの礼金をもらった時だったと思う。

　お俊ちゃんにはまた新しい菓子を考えてもらいたいと主人が上機嫌で話しているところへ、息子が友人だという若者と一緒に入ってきたのだった。日本橋の小舟町に住んでいるのだが、佐賀町まで時雨焼を買いにきたところ、その考案者がきているというので、不躾《ぶしつけ》を承知で会わせてくれと頼んだ、年寄りかと思っていたのに若い娘なのでびっくりしたなどと、その若者がてれくさそうな早口で喋《しゃべ》ったのを覚えている。

　顔立ちや着ていたものは、まるで覚えていない。ただ、華奢《きゃしゃ》な軀つきだったのと、大和屋の息子の子供、主人には孫になる男の子が彼を追いかけてきて、彼も嬉しそうに抱き上げていたのが記憶に残っている。

「その時は、好物の時雨焼を買いにきなすって、たまたまお俊ちゃんに会ったらしいんだけどね。お俊ちゃんに一目惚れしちまったらしくってさ。それから二月《ふたつき》くらいあとに、大和屋さんがそっとたずねてきなすったんだよ。お俊ちゃんは嫁にゆく気があるのかってね」

そういえば、「嫁におゆきよ」とおたねに言われたことがあった。が、時雨焼が売れて、菓子づくりが面白くなってきた時ではあったたし、嫁ぐ相手も、「お俊ちゃんを女房にしたい、頼む」と手を合わせたおたねの知り合いか、つてを頼っておたねにたどりつき、「何とかしておくんなさい」と頭を下げた男にちがいないと思い、即座に断ったのだった。

三好屋は、小さいとはいえ問屋である。表具師の娘であるお俊を嫁にときめるまでには、その評判をあちこち聞いて歩いたことだろう。

「わたしのところへきたら、表具師の娘のどこがわるいって言ってやったんだけどね」

大和屋はお俊を、働き者で気立てがよくてと、口をきわめて褒めてくれたらしい。が、意味ありげなことを言った者がいた。おさわである。

おさわがお俊の幼馴染みであると知って、おさわの家、古着屋の山徳《やまとく》を訪れたのが三好屋の番頭であったのか、或いは三好屋に頼まれた者であったのかはわからない。

お俊がどこかの若旦那に見初められたらしいという噂《うわさ》は、ひそかにひろまっていた。三好屋の方はさりげなく尋ねたつもりらしいが、山徳では、三好屋からきた人物だとすぐに見当がついたことだろう。

古着をひろげて見せていたおさわは、「でも、お俊ちゃんは」と言って口ごもったそうだ。三好屋が寄越した者は、当然、「でも、何ですえ」と不安な顔になる。おさわはしばらく迷った末に、「過ぎたことですから」とだけ言って、口を閉ざしたという。

三好屋の者が気にしないわけがない。くわしいことはわからないが、店へ戻って、そのことを息子の源太郎《げんたろう》に話してしまったようだ。

源太郎は、自分でおさわの話を確かめる気になった。

おさわはいつも店にいる。源太郎が山徳を訪れた時も、店先で客に愛嬌をふりまいていたのだろう。

店先で古着を選んではいるものの、古着など買う必要のない身なりをしている華奢で品のいい男が、三好屋の若主人であるとは、おさわにも一目でわかったにちがいない。

いい加減に紬《つむぎ》の着物を選んで買った源太郎を、おさわは、父が釣銭を間違えたと言って追いかけていった。そこで、三好屋の若旦那ならお俊のことで話したいことがあると言ったらしい。

　そのあと、おさわが源太郎をどこへ連れて行き、何を話したのかわからない。ふいにおたねをたずねてきた大和屋の主人は、三好屋の主人が縁談はなかったことにしてくれと言っているとだけ告げて、両手をついて詫びた。

「その時は、源太郎さんが山徳へ行っておさわに出会っちまったなんて、大和屋さんもご存じなかったんだよ」

　と、おたねは言った。

「笠間屋はお俊ちゃんが奉公した呉服問屋にくらべれば店だって小さいし、奉公人の数も少ない。あれくらいの店なら、お俊ちゃんもやってゆけると思ってさ。いい返事を待っていたのに」

　おたねのもとには大和屋が詫びにきて、三好屋へはおさわが嫁いでいった。

「そういうことかと思ってね、わたしゃ大和屋さんへ行って、それならそうと教えてくれと文句を言ってやったよ」

　大和屋はひたすら詫びたそうだ。が、その大和屋も山徳のおさわが三好屋に嫁ぐという噂を耳にするまで、お俊が断られた理由を知らなかったという。

「噂を耳にしなすった大和屋さんも、いったいどういうことだと三好屋にねじこみなすったそうだけどね」

三好屋の主人は、噴き出る汗を拭いながら事情を話してくれた。

「みごもったと、おさわが言ったんだとさ。嘘にきまってるじゃないかと思うけど、みごもったと言われて、大あわてで祝言をあげたのだから身に覚えはあったんだろ」

そんな嘘は、すぐに嘘とわかる。おさわは笠間屋を追い出され、三好屋は大和屋へ詫びにきた。お俊にあやまりたいとも言ったらしい。お俊との縁談をもとに戻したいと考えていたようだが、大和屋は、もう間には入らないと断ったそうだ。

「うちにもきなすったけどさ、三好屋の旦那は。あやまるだけで、お俊ちゃんのことは何も言わなかった。もっとも、お俊ちゃんをもらいたいと一言でも言ったら、わたしゃ頭から湯気を立てて、ふざけるなと怒鳴っていたかもしれない」

「そんなことがあっただなんて。どうしてくわしく教えてくれなかったの」

「だって、お俊ちゃん、お嫁にゆく気はないって言ったじゃないか」

「そりゃそうだけど」

「それでもわたしゃ、大和屋さんにはお俊ちゃんも乗気のような返事をしておいたんだよ。あっさり断っちまうのは、もったいないような気がしてさ。だけど」

と、おたねは顔をしかめた。

「縁談はなかったことにしてくれ、だろ。幸せそうな顔をしてお菓子をつくっているお俊ちゃんに、わざわざそんな話をすることもないと思ってさ」

　有難うと、お俊は口の中で言った。

「気を遣ってもらって」

「それに、幼馴染みの悪口を聞かせることもあるまいと思って。わたしゃおさわなんざ、昔っから大嫌いだけど」

　なのに何だいとおたねは畳を叩いて立ち上がり、一気にまくしたてた。

「今度は宗助かよ。あの嘘つき女、源太郎さんについた嘘がたたって、後添《のちぞ》いの縁談《はなし》まで断られたっていうから、宗助にまとわりついたんだろう。宗助はお俊ちゃんが好きだっていうのに」

「ちょっと待って、嫂さん」

　まさかと言いたい話だったが、思いあたることがないでもない。おもんが待っている家を通り越して、お俊を家まで送ってきてくれたこともあるし、もうすぐ独り立ちできるかもしれないと、宗助にはめずらしく熱心に話したこともある。

「おもんちゃんも、宗さんが一緒になろうって言い出さないのはお俊ちゃんを好きになったからだって気づいて、別れる気になったんじゃないのかねえ」

おたねは、手桶を持ちなおした。

「ごめんよ。洗いざらい喋っちまった。それにしても宗助のばかやろう、見舞いにきてくれるかねえ。わたしは江ノ島へ行っちまうからって言ったんだけど」

おたねが心配した通り、翌日も翌々日も宗助は顔を見せなかった。


宗助がお俊をたずねてきたのは、師走《しわす》も押し詰まってからだった。

十五日までに江ノ島へ行くと言っていたおたねは、十四日の朝、江戸を発《た》った。ようやく風邪のぬけたお俊も、高輪《たかなわ》まで見送りに行った。五平というおたねの二度めの亭主は、風貌まで宗助に似ていた。お俊は、あらためて宗助の人のよさを思い出した。

「上がれ」とお俊に言われても、土間で手拭いを揉《も》むようなしぐさをしていた宗助は、おたねが江ノ島に落着いたと聞くと、かすれた声で呟《つぶや》いた。

「みんな、いなくなっちまうんだな」

「わたしは中島町にいるけど」

「俺はずっと佐賀町にいる」

「でも、宗さんは」

と言いながら、お俊は涙ぐみそうになった。わたしはこんなに宗助が好きだったのだろうかと思った。

兄の伊之助が生きている頃から、宗助はいつも自分のそばにいてくれるような気がしていた。おもんと所帯をもっても、兄と一緒に自分を見守っていてくれるような気がしてならなかった。

ずいぶんと自分に都合のよいことばかりを考えていたものだと思う。宗助にしてみれば、そんなお俊より、ひとりぼっちはいやだとすり寄ってきたおさわの方が、はるかに可愛かっただろう。

「俺、古着屋の聟《むこ》になるかもしれねえ」

「そう」

「あの、山徳の伜が浅草の方に店を出すことになってね」

「山徳の伜さんって、おさわちゃんの兄さんのこと」

「うん、まあ、そういうことになるけど」

「で、佐賀町のお店は、おさわちゃんが跡をつぐってわけ」

「うん」

宗助は小さくうなずいて、早口につけくわえた。

「で、親父さんが俺の目の黒いうちに商売を覚えてくれって」

おさわは、後添いにという縁談まで断られたそうだ。とかくの噂がある女の聟になってもいいという男もあらわれず、山徳の主人も、おさわが親しくなった宗助の万事にはっきりしない性格には目をつむり、人柄のよさだけを見ることにしたにちがいない。畳職人としてはとうとう独り立ちできなかったが、店の隅で黙々と算盤をはじいているのは、案外、宗助の性《しょう》に合っているかもしれない。

「おめでとう、宗さん。よかったじゃないの」

返事はない。路地で遊んでいた子供の声もなくなった静けさにお俊の方が耐えかねて、「おめでとう」という言葉を繰返した。

宗助の握っている手拭いが、強くよじられた。

「ほんとに、ほんとにそう思ってくれるかえ」

「思いますよ。死んだ兄さんだって、そう言うと思うもの」

「それはどうかな。おたねさんは、何でお俊ちゃんの面倒をみてくれないんだって怒ってたから」

返事のしようがない。

「俺だって、お俊ちゃんさえ」

うなずいてくれれば、面倒をみたかったと言ってくれるつもりだったのかもしれない。が、宗助はそこで口を閉じて、「帰るよ」と独り言のように言った。

みんな、いなくなっちまったと思った。

去年は、宗助と大和屋の息子夫婦が途中で一緒になったと言って、年賀にきてくれた。澪通《みおどお》りで羽根つきをしようということになり、隣家や向かいの夫婦なども出てきて大騒ぎをしたものだ。

来年もまた羽根つきをしようと他愛のない約束をし、お俊はおたねも呼ぶつもりだった。が、おたねは江ノ島へ行ってしまった。今頃、宗助に似ている五平は必死で料理をつくり、味をみた女将の「これならいいだろう」という言葉に胸をなでおろしながら、庖丁を握っているにちがいない。

おたねは、夜遅く帰ってくる五平を、火鉢に寄りかかって待っている。「疲れた」と弱音を吐く亭主を、「しっかりおしよ」と叱りつけながら、甲斐々々しく世話をやくことだろう。

おもんも、気のいい男と所帯をもっているかもしれない。子供が生れているかもしれず、佐賀町にいたお俊などという女のことなど、もう忘れてしまったことだろう。

お俊は、前掛をはずして土間へ降りた。降りてから、どこへ行くつもりなのだろうと思った。伊之助もいなければおたねもいない、宗助もおもんもお俊を待ってはいないのである。

大和屋なら、と思った。大和屋なら、いやな顔をせずにお俊を迎えてくれる。春に売り出す菓子の相談をしたかったところだと、喜んでくれるかもしれないではないか。

いや、それも間違いだと、お俊は自分にかぶりを振った。今日の大和屋は、多分喜んでお俊に会ってくれる。が、それは、これまでにお俊の考えた菓子が多少は売れているからであり、お俊という女が大和屋に欠くことができない人物だからではないのだ。菓子のことで話ははずむだろうが、お俊が帰ったあと、「お祖父《じい》ちゃん」と孫が大和屋に駆け寄ってきたならば、大和屋は菓子のことなど忘れて孫を抱き上げる筈だ。

みんな、そばに人がいる。人がいるから、お俊に会わなくとも穏やかな時が過ぎてゆく。

「うちのがゆうべ、酔っ払って帰ってきてさ」

「おはるさんとこは、まだいいよ。毎晩酔っ払っているわけじゃないもの」

「でも、酔っ払うと、やたらに威張りくさってさ。叩き出してやりたくなる」

「いいじゃないか、素面《しらふ》のときはおとなしいんだから」

路地からそんな話し声が聞えてきた。隣家の女房と、向かいの家の女房の声だった。

「おとなしくっても、稼ぎがわるいんじゃしょうがない。おっと、亭主の悪口を言いはじめると、日が暮れちまうよ」

足音が聞えた。木戸《きど》を出て行ったらしい。

聞えなくなった足音を追いかけるように、お俊は路地へ出た。気がつくと木戸を出ていたが、行先のあてはない。

が、家へ戻る気にもなれなかった。胸にほころびができて、そのほころびから、つめたい師走の風が吹き込んでくるような気がするのである。

宗助の足音を聞いているうちに、自分も出かけねばならないような気持になって、火鉢の炭火には灰をかけた。風の吹きこむほころびをかかえて、火の気のない家へ戻りたくはない。

「あら、どうしなすったの」

背後から声がした。ほっとするようなやわらかい声の持主は、この界隈《かいわい》では一人しかいない。中島町澪通り木戸《きど》番《ばん》小屋のお捨《すて》だった。

「もしかして、足をねじってしまいなすったの」

「いえ」

「それならよかった」

お捨が、お俊の目の前にきた。よい匂《にお》いが漂ったような気がした。

「お俊さん、この間、とうとうきてくださらなかったのね」

「この間？」

「そう。あったかいお饅頭《まんじゆう》があるからってお誘いしたのに」

思い出した。いろは長屋の差配《さはい》弥太右衛門《やたえもん》の女房と、木戸を出たところで一緒になり、澪通りのはずれにある木戸番小屋の前にさしかかった時、お捨に声をかけられたのだった。

行くところがあるので、とお俊は言った。確かに大和屋へ行くところではあったが、さほど急ぐ用事でも、重要な用事でもなかった。

弥太右衛門の女房ははじめから木戸番小屋へ行くつもりだったらしい。お俊に簡単な挨拶をして、小屋の中へ入って行こうとしたが、お捨がお俊に声をかけたのを見て、外へ出てきた。

お俊は、自分が弥太右衛門の女房と歩いてきたので、お捨もやむをえず声をかけたのだと思った。饅頭にお茶で、他愛ない世間話に花が咲くにちがいなく、その中に入りたいとは思ったが、遠慮をした方がよいかもしれなかった。

「それじゃ帰りにお寄りくださいな」

用事が早く終ればと、お俊は歯切れわるく答えた。それでもお捨は、「またあとで、ね」と嬉しそうに笑った。

お俊は、木戸番小屋へ行かなかった。思いがけず大和屋の主人に待たされて、帰りが遅くなってしまったのだった。

「ずっとお待ちしてたのに」

待っててくれた、それも、ずっと。

「わたしどもは暮六つ前に夕ご飯をいただくのですけれど、そのあとでお俊さんの分《ぶん》のお饅頭をいただいたら、皮がかたくなってた」

お捨は、ころがるような声で笑った。

「ご都合がよければ、これからおいでなさいな。弥太右衛門さんのおかみさんも、これからみえなさるけど、笑兵衛《しようべえ》も、お俊さんのおいでを待っていますよ」

お捨の手が、さりげなくお俊の手をとった。やわらかくて、暖かい手であった。

「弥太右衛門さんがね、笑兵衛に言いなさるんですよ、木戸番小屋からいつも若い女の声が聞えてくればいいなあって」

「そんな。お捨さん、お若いのに」

若く見える上に、色白でふっくらと太った軀が、なぜか上品で美しい。

「わたしはもう、充分に年齢《とし》をとっていますけれど」

お捨はまた、ころがるような声で笑った。

「でも、弥太右衛門さんも笑兵衛も憎らしいでしょう。だから今日は、若くてきれいなお俊さんを私がひとりじめして、弥太右衛門さんも笑兵衛も仲間に入れてあげないの」

お捨は、手をつないだまま歩き出した。

お俊は、もう一方の手でそっと胸を押えてみた。

ほころびの端が綴《と》じられて、風も少しおさまったような気がした。

解説

竹内　誠

北原亞以子さんには、数々のすばらしい受賞歴がある。平成元年に『深川澪通り木戸番小屋』で泉鏡花文学賞、同五年に『恋忘れ草』で直木賞、同九年に『江戸風狂伝』で女流文学賞、同十七年には『夜の明けるまで　深川澪通り木戸番小屋』で吉川英治文学賞などである。

このうちの最初と最後の二作品は、深川澪通り木戸番小屋シリーズの第一作と第四作であり、いかにこのシリーズに対する評価が高かったかが理解できよう。

本書は、この人気シリーズの第五作『澪つくし　深川澪通り木戸番小屋』（平成二十三年刊）の文庫本である。

北原さんとのご縁は、平成七年にこの人気シリーズをもとにしたＮＨＫテレビ金曜時代劇「とおりゃんせ～深川人情澪通り」の時代考証を私が担当したことからである。

台本もさることながら、江戸庶民の人情をこまやかに描いた原作を読んで、いっぺんに北原ファンのひとりに加えさせていただくことになった。

舞台は、江戸の深川である。北原さんは、人情の機微と深川の地勢的雰囲気とを巧みにからませている。たとえばすぐ側《そば》を流れる「川の音」。江戸前海に近い深川ならではの上げ潮《しお》・引き潮の際の川の音が、登場人物の心象と重ね合わさるように、見事に描かれている。

その深川についてであるが、大正十五年（昭和元）に刊行された『深川区史』の下巻（西村眞次著）を紹介しよう（昭和五十年に『江戸深川情緒の研究』と改題して復刻）。

その緒言に、「深川はヴェネチヤに比較してもよいほどの水郷」と述べ、「山の手には山の手の空気が漂い、下町には下町の空気が漂っていることは勿論であるが、深川にはそれらと色彩を全然異にした格別な色彩のただよいを見る」のである。

では、その「格別な色彩のただよい」とは何か。永代橋を渡った深川の雰囲気を、具体的に述べているので、長文をいとわず引用しよう。

「私は夏でも冷やりとした感じに打たれる。電車の線路に沿うて黒江町へ出ると、夜店の燈りがしめっぽい空中に反映して、うっとりとした光りを街上にたゆたわせている下で、蛤《はまぐり》や蜆《しじみ》や栄螺《さざえ》を売っているのを見る時、湯気の立つ白飯の上にむきみ貝を盛った深川飯をその看板の蔭に見る時、竹を栽《う》えた格子造りの小さい家に蒲焼、柳川鍋の行燈《あんどん》が懸《かか》っているのを見る時、抜衣紋《ぬきえもん》の片肩を低うしてしゃならくと歩く櫛巻《くしまき》の女を見る時、私はここが矢張り東京の中であるかを疑った。私は深川をどうしても東京のように感じない。そこを独立した、東京以外の、どこにも属していない一水都のように思ってならない。」

しめっぽい雰囲気や水都の感じを実によく表現している。これが明治末〜大正の深川である。「電車の線路」のくだりを除けば、江戸の深川も大差ないように思う。

なお注意すべきは、前記『深川区史』では、深川のことを下町とはいっていない。今では下町の代表のようにいわれている深川も下町といわれるようになったのは昭和に入ってからのことであろう。北原さんが江戸の深川のことを作品中でひとことも下町といっていないのはさすがである。

本書の主人公は木戸番小屋（木戸番屋ともいう）の夫婦である。先述したテレビ番組『とおりゃんせ〜深川人情澪通り』では、木戸番人の笑兵衛を神田正輝さん、女房のお捨を池上季実子さんが演じた。

時代考証を厳密にということで、NHKのスタジオに江戸時代そっくりの木戸と木戸番屋、それに自身番屋を、波多野純（現・日本工業大学学長）氏の設計でつくっていただいた。氏は、江戸東京博物館の実物大模型の日本橋や、縮尺模型の両国橋西詰盛り場などを設計したベテランである。

ご存知の通り、江戸の町の風景に欠かせぬものは、町の出入り口にある木戸。それに付置された木戸開閉の番人の小屋。そして今でいう町会の事務所にあたる自身番屋である。三点セットの町のキーポイント。

その木戸番夫婦を主人公にして筋は展開していく。その上自身番屋も無視することはしない。自身番屋に詰めている将棋好きの弥太右衛門を脇役に配するあたり、万事心得た北原さん。

町のキーポイントでありながら、その重要性にあまり気付くことのなかった木戸番小屋を主舞台にした意外性が、このシリーズの成功の一つの要因かとも思う。

今、私の手元にテレビ番組『とおりゃんせ』の第一回用放送台本がある。そのナレーションの部分を抄出すると、木戸番の機能がよくわかる。

「江戸の通りは、町ごとの境に造られた木戸でしきられていた。」

「昼間は自由に行き来できる木戸も、夜の四ツ時、今の十時頃に閉ざされる。」

「木戸を閉めた後の通行人は、くぐり戸から入り、木戸番が付き添って次の町まで送り、その町の木戸番に引き渡す。」

「江戸の町の夜の治安は、盗賊や不審な者を町内に入り込ませないための木戸、通行人の町送りで維持されていた。」

「明け六ツ（今の朝六時頃）、日の出を待って木戸を開ける。」

「町から木戸番に支払われる手当は僅かである。土間の台に品物（駄菓子、手拭、浅草紙、草鞋《わらじ》など）を並べての小さな商いは、町が黙認した木戸番の内職である。」

そして最後のシーンのナレーションは、「照る日、曇る日、雨降る日、深川澪通りの木戸番小屋は、江戸庶民の哀歓《あいかん》を見つめる場所でもあった」と締め括《くく》っている。

木戸番人の笑兵衛と女房のお捨は、困っている人を見過せない、すこぶる付きの面倒見のよい夫婦である。就職口の世話をする、恋の悩みを聞いてあげる、人生に疲れ切った人をはげます等々、まるで、よろず相談引受け所のようである。

本書は八話からなる。登場人物はさまざまだが、それぞれの話の中心は女性である。「いま、ひとたびの」は、恨んでいた昔の恋人と仲直りしようとするおゆう、「花柊」は、乱暴をする亭主と、悪口を吐く舅をどうしても見捨てられぬおちせ、「澪つくし」は、昔の思う男に再会してゆらぐお才、「下り闇」は、男運が悪いのは〝男にだまされたんじゃなくて、わたしが男を信じていなかった〟という思いに至るおとき、「ぐず豆腐」

は、わが子に逢いたいの一念で江戸に出てきたおるい、「食べくらべ」は、老いを感じるようになったおはん、「初霜」は、息子との微妙な関係に悩むおくに、「ほころび」は、周囲の親しい人びとが次々と去っていく一人身のお俊。

北原作品には、こうした中心人物だけでなく、これにからんで大勢の人物が登場するが、だれひとり悪人はいない。皆精一杯その日その日を生きている人たちばかりである。

なかでも登場する男性の場合、修業した腕を頼りに汗水たらして働く職人が多い。それは作者である北原さんの生い立ちと深く関係しているようだ。

北原さんとは、何回か雑誌などの企画で対談させていただいたが、東京新橋の家具職人の家に生まれた由。子供の頃、新橋から銀ブラしながら日本橋の白木屋デパート（現在・コレド日本橋の場所）までよく歩いて行ったそうである。お目当ては白木屋の食堂のお子様ランチだったとか。また、家で働く職人さんに浅草によく連れていってもらったが、露店で立ち食いした八日鰻《やつめうなぎ》の味が忘れられないという話にはびっくりした。

「自分が行った白木屋が、広重の絵と同じ商標だったり、浅草の立ち食いが江戸時代の露店の絵と一緒になって頭のなかに浮かんできたりということで、ごく自然に江戸時代を書くようになりました」という北原亞以子さんの言葉が、今でも私の脳裏に深く焼き付いている。

（たけうち　まこと／江戸東京博物館館長）

＊講談社文庫版に掲載されたものを再録しています。

澪《みお》つくし
深川澪通《ふかがわみおどお》り木戸番小屋《きどばんごや》

朝日文庫

2024年12月30日　第1刷発行

著　　者　北原亞以子《きたはらあいこ》

発 行 者　宇都宮健太朗
発 行 所　朝日新聞出版
〒104-8011　東京都中央区築地5-3-2
電話　03-5541-8832(編集)
　　　03-5540-7793(販売)

印刷製本　大日本印刷株式会社

定価はカバーに表示してあります

ISBN978-4-02-265179-2

落丁・乱丁の場合は弊社業務部(電話 03-5540-7800)へご連絡ください。

送料弊社負担にてお取り替えいたします。